의원강호

기공흑마 신무협 장편소설

ORIENTAL FANTASY STORY & ADVENTURE

dream
books
드림북스

의원강호 9

초판 1쇄 인쇄 / 2016년 2월 23일
초판 1쇄 발행 / 2016년 3월 4일

지은이 / 기공흑마

발행인 / 오영배
책임편집 / 편집부
펴낸 곳 / (주)삼양출판사 · 드림북스

주소 / 서울시 강북구 도봉로 173
대표 전화 / 02-980-2112 팩스 / 02-983-0660
편집부 전화 / 02-980-2116 팩스 / 02-983-8201
블로그 / blog.naver.com/dreambookss

등록번호 / 제9-00046호
등록일자 / 1999년 3월 11일

ⓒ 기공흑마, 2016

값 8,000원

(주)삼양출판사 · 드림북스의 서면 허락 없이는 어떠한
형태나 수단으로도 이 책의 내용을 이용하지 못합니다.

ISBN 979-11-313-0573-7 (04810) / 979-11-313-0216-3 (세트)

* 지은이와 협의하에 인지는 생략합니다.
* 잘못된 책은 구입한 곳에서 바꾸어 드립니다.

이 도서의 국립중앙도서관 출판시도서목록(CIP)은 서지정보유통지원시스템홈페이지
(http://seoji.nl.go.kr)와 국가자료공동목록시스템(http://www.nl.go.kr/kolisnet)에서
이용하실 수 있습니다. (CIP제어번호: 2016004096)

의원강호

기공흑마 신무협 장편소설

9

ORIENTAL FANTASYSTORY & ADVENTURE

dream
books
드림북스

목차

第一章
반사반생(半死半生)

'대체 뭐야?'

다가가기 이전에는 몰랐다. 자신도 깨달음을 얻기 이전이라면 몰랐을 게 분명하다.

그만큼 희미했다.

아주 희미하기만 해서 착각이 아닌가 싶을 정도다. 아니, 착각이었으면 싶기도 했다.

기운이 흘러나온다.

산사람, 한 절의 주지를 맡은 자가 가질 기운이 아니다.

무인, 의원, 장의사. 그와 관련된 자들이나 겨우 맡을 향이며 기운이다.

'죽음. 어떻게 그게 있지?'

죽은 자들.

죽음에 가까운 자들이나 있을 기운을 주지가 풍기고 있었다.

주지에 딱 어울리는 표본에 가까운 외모를 가지고 있는 자였다.

산 기운, 사람을 살리는 것에 어울리면 모를까, 죽음에는 어울리지 않는 자다.

또한 병자로 보이지도 않았다.

병마의 기운이 도무지 보이지 않는다. 그렇다고 병마와 싸운 흔적도 없다.

산 사람. 살아 있어야만 하는 사람이 죽음의 기운을 희미하게 가지고 있다.

아주 가까이에서 느껴지는 그 기운에 한시바삐 달려온 운현마저도 놀랄 수밖에 없었다.

그의 생을 통틀어서 처음 본 기괴한 상황이니까.

"당신 대체 무슨 짓을 한 거야?"

그 기괴함에 습관처럼 흘러나오는 존대마저도 나오지 않은 운현이다.

주지는 운현이 자신으로부터 무언가 읽어 냈다는 것에 놀랐는지, 잠시 놀란 기색이었다.

그마저도 죽음의 기운과 같이 흘러나오고 있었다.

그가 평온한 어조로 사람 좋은 웃음을 해 보였다.

"쉬잇."

비밀을 공유하는 깊은 사이라도 된다는 듯 친근한 표정을 짓고서는 작게 쉿 소리를 냈다.

그런 그의 표정에 운현으로서는 한 가지 생각밖에 들 수 없었다.

'미친 건가.'

미치지 않고서야 어찌 자신에게 친근함을 보인단 말인가?

자신을 알아봐서? 아니면 다른 무엇이 있는 걸까?

어느 쪽이든 눈앞의 이자는 정말 미친 게 분명했다.

주지는 운현의 예상을 벗어난 이였다. 죽음의 기운, 친근한 태도, 운현을 마주했음에도 태연한 모습을 보이기까지. 게다가 운현은 이곳까지 급하게 달려오면서 피로가 가득 쌓인 상태였다.

그 모든 것들이 작은 틈. 허점을 만들어 낸 것일까.

향화객도 당황할 만한 짧은 시간.

"주지 스님?"

아차 하는 아주 잠시의 시간, 주지가 몸을 돌려 뒤로 내빼기 시작했다.

빨랐나?

아니. 이제 막 경공을 펼치기 시작하려 하는 그의 움직임
은 그다지 빠르지 않았다.

무공 자체는 그리 높지 않은 몸놀림이었다. 아니면 경공이
특히 약하거나.

'어딜!'

운현 정도 되면 따라잡는 데 어려움은 없을 속도였다.

길어야 일, 이각 정도의 추격전이면 끝날 터였다.

그런데.

"웩……."

주지 스님?

하며 물음표를 띄우던 향화객 하나가 목을 부여잡았다.

안에 거대한 무언가가 들어오기라도 한 듯 목을 부여잡은
그가 시작한 구역질은.

"크엑."

"으……으……."

전염병이라도 된 듯 순식간에 주변 향화객들에게로 퍼지
기 시작했다. 주지의 경공보다도 훨씬 빠른 속도였다.

이 상황. 바로 직감했다.

"……끝까지 엉망인 건가."

어쩐지 너무 허접한 도망이었다.

십수 년을 신분을 숨기고 살아가는 자치고는 너무도 엉망

인 모양새였다.

그와는 어울리지 않는 상황이었다. 마지막의 마지막까지 허를 찔렸다.

"……젠장."

*   *   *

시간 벌이임을 알지만, 눈앞에 있는 자들을 외면할 수도 없었다.

이른 아침이라지만 이곳을 찾은 자들은 많았다.

그 가운데 주지의 한 수에 당한 자만 촌각 만에 무려 십수 명이다.

"욱……."

주지의 가장 가까이에서 그를 보필하던 동자승마저도 당해 있었다.

어려선지 가장 심각했다.

확연히 퍼지기 시작하는 죽음의 기운에 운현은 바로 움직였다.

가장 먼저 그 근원지인 독구(毒球)부터 잡아냈다.

빨랐다. 무색은 해도 무취는 하지 않았기에, 뒤늦게나마 기운을 읽어 빨리 회수를 할 수 있었다.

깨버리면 더 큰 독연이 일 수 있었다.

하지만 수기로 가둬 파괴를 하면 된다.

파삭—

하는 소리와 함께 으깨졌다. 독연은 감싸고 있던 수기에 태워졌다.

'알고도 당하는군.'

뻔히 보이는 수작이지만 당할 수밖에 없는 수작이기도 했다.

그래도 다행인 건 그리 강한 독은 아니라는 거다. 전염성이 강한 만큼 독기는 그리 강하지 않았다.

어디까지나 시간 끌기 용이라는 목적에 충실한 독이었다.

하지만 결국 운현에게는,

'잘해야 일각. 그 이상은 필요도 없겠어.'

선천진기로 말미암아 치료에 그리 오랜 시간조차도 쓸 필요는 없었다.

미리 가지고 다니던 해독단에 선천진기를 풀어 독을 태워버리면 될 뿐이었다.

아쉬운 건 안 그래도 이곳까지 달려오느라 진기 소모가 큰 상황에 또 진기를 소모해야 한다는 것뿐이다.

작은 진기라도 경공에 펼치면 더욱 빨리 잡을 수 있었을 터.

그래도 사람을 버리고 갈 수는 없으니 결국 방법은 없다.

'상황이 하나하나 다 마음에 안 드네.'

급히 움직이며 독에 걸린 자들을 치료하기 시작하는 운현
이었다.

어리석어 보이는 모습이나, 그가 의원이기에 어쩔 수 없는
모습이기도 했다.

*　　*　　*

'저긴가.'

지루하진 않은 추격전이다.

주지는 처음부터 끝까지, 억척스럽게 운현을 따돌리는 수
를 써냈다.

주지를 보러 올 향화객들. 그들이 오르는 등산로. 그곳을
거슬러 올라가면서 잘도 독구를 던져 댔다.

운현에게는 별거 아닌 독이다.

하지만 결국 중독된 향화객들을 치료하기 위해서 발길이
잠시나마 끊어지는 건 그도 어쩔 수 없는 일이었다.

'더럽긴.'

그 짧은 시간에 해독제를 만들 수는 없지만, 독의 특성 정
도야 이미 파악했다.

척 봐도 독초를 으깨 만들어 독연을 독구로 만든 수준이다.

신분 위장을 위해선지 그리 대단한 독구를 만들어 낸 것도 아니다.

이 산에서 자생하는 그런 독초들을 구해 만든 거다.

다행히 독공을 익힌 건 아닌지, 여러 독초를 섞어낸 혼합독 수준이 아니었던지라 운현이 특징을 금방 파악해 낸 건 당연한 이야기였다.

그러니 치료가 빨랐다.

스으으—

순식간에 선천진기로 치료하고, 또다시 발길을 놀리는 운현이다.

'그래도 거리는 짧아지고 있어.'

몇 번. 몇 명이나 되는 자들을 치료한 걸까.

운현이 가진 내공의 사분지 일 정도를 소모했을 무렵.

미친놈으로만 보이던 주지의 뒤꽁무니를 결국에는 따라잡은 운현이었다.

*　　　*　　　*

'빠르군.'

도망가던 주지도 운현이 자신의 뒤를 잡아냈음을 눈치챘다.

기운을 숨기지 않고 달려오는데, 눈치를 못 채면 무공을 익힌 무인이라 할 수 없었을 거다.

그의 머리에 여러 생각이 스쳐 지나간다.

그가 신분을 숨기기 위해서, 신분이 들통나 도망갈 때를 대비키 위해서 준비해 놓은 방법들에 대한 생각들이다.

'비공암화 정도.'

자신을 향해서 곧바로 달려오는 추격자. 기운도 숨기지 않는 자.

그런 자에게 가장 효율적인 건 역시 암기다.

비공암화(飛空巖花).

호북성 출신 야장이 자신의 처를 죽인 무인에게 복수하기 위해 만들었다는 암기가 어느새 주지의 손에 여럿 쥐어져 있었다.

손 마디마다 하나씩, 무려 여덟.

단검보다도 작은 그것이 그의 몸에서 나와 공기를 갈랐다.

쒜에엑—

무공을 익히지 않은 자가 사용해도 홀로 날아 적을 찌른다는 암기가 운현을 향해 쏘아졌다.

이번엔 암기냐?

다른 이라면 걸려들 법한 수. 하지만 기운에 있어 그 누구보다 민감한 운현에게는 허튼 수다.

"여덟……."

쏘아져 나가는 암기를 바로 읽어 냈다. 그의 손에서 주지가 날린 수와 같은 침이 쏘아진다.

총 여덟.

모두 기로 이루어진, 침이다. 강기 정도의 수준은 못 되지만,

채앵—

암기를 막아 내는 데는 적절한 수였다. 문제는 그가 비공암화는 처음 겪었다는 것.

분명 여덟이 날아와 여덟을 막아냈는데 어느새 아홉이 되어 있었다.

도중에 분리된 게 분명했다.

"이크."

순간적으로 고개를 숙이지 않았더라면 꿰뚫리는 쪽이 되었을지도 몰랐다.

'꽤 여러 가지로 준비했다 이거지.'

하지만 더는 당할 생각도 없었다. 사람도 없으니 독구를

또 뿌려 시간을 벌지도 못할 터.

암기에는 더더욱 당할 생각도 없었다.

이번에는 주지도 당황하는 게 보였다.

다음 수가 나오지 않았다.

그가 준비한 수를 그가 생각한 것보다 더 빠르게 막아 내는 운현의 모습에 미처 다른 걸 준비할 수가 없었을지도 몰랐다.

해서 운현이 그에게로 쏘아졌다. 직선으로.

운현보다 먼저,

스악―

그가 쏘아 날린 기의 침들이 주지를 향한 것은 당연한 이야기였다.

마혈. 오직 마혈.

인체가 가진 혈 중에서 오직 제압을 하는 데 쓰이는 혈만 골라 의지를 가진 듯 내려 꽂혀지는 침들이다.

'잡았다.'

주지가 멈칫했다. 마혈에 제대로 박혀 들었으니 그가 멈추어 선 것도 당연했다.

그런데,

"큿……."

작게 신음을 내뱉은 주지가 다시 움직여 달리기 시작했다.

마혈을 찍히고도 움직이기 시작한 것이다! 괴사!

동시에 아까 느꼈던 죽음의 기운이 더욱 커졌다. 희미하던 기운이 이제는 더 크게 느껴졌다.

산 기운보다 죽음의 기운이 더 커진 채로 주지가 달려 나갔다.

'처음 느끼는 게 아니다.'

주지가 가진 기운은 그가 처음 느끼는 기운이 아니었다. 그가 전부터 알고 있던 기운. 이미 상대해 봤던 기운이기도 했다.

죽은 자의 기운이 넘실거리는데도 움직이는 것. 그런 존재는 결국 그가 알기로 하나다.

'강시가 가진 기운.'

사람이 강시의 기운을 가질 수도 있는 것인가?

살아 있는 사람이 강시가 될 수도 있는 건가. 죽은 자만이 오직 강시가 되는 게 아니던가.

그가 아는 상식선에서 그건 말도 안 됐다.

'대법 혹은 주술.'

어쩌면 그 이상의 무언가.

아니면 주지가 익힌 심법이 낭인 낭아와는 다른 심법일는 지도 몰랐다.

하나 확실한 건 뭔가 있다는 것뿐.

'확실히 뭔가 있다.'

운현의 몸놀림에는 확신이 어리기 시작했다.

뭔가 있음을 알았기에 더욱 힘을 내서 좀 더 거리를 박차기 시작한다.

따라가고 또 따라간다.

길고 긴 산길을 헤쳐 나가는 것이건만, 둘 모두 달리기를 멈추지 않았다.

하지만 결국에는,

"잡았다."

별의별 얕은 수를 쓰던 주지도 운현에게 잡힐 수밖에 없었다.

운현은 과연 알까?

반각. 아니 반의 반각만 더 갔어도 도망칠 수 있는 쪽은 주지였을지도 몰랐다.

'……아쉽군.'

주지가 아쉬움을 느끼는 것도 당연했다. 그는 그가 준비한 비장의 수를 다 쓰지 못했었으니까.

짧은 추격전의 승리자는 운현이었다.

　　　　*　　　*　　　*

　갖은 얕은 수.

　점조직이라지만 한 조직의 총책 정도는 되는 자가 주지다.

　그런 주지를 잡았다. 그런데,

　'이상하군.'

　어째서 약한가.

　마혈에 기침(氣針)을 쏘아내도 잘도 버텨내고, 독도 잘만
사용하며, 암기도 날려대는 주제에 그는 이상할 정도로 약했
다.

　낭아보다도, 그가 그동안 상대했던 조직의 다른 이들보다
도 더.

　처음부터 무공을 익히지 않았더라면 모를까. 그것도 아니
다.

　'기운은 커.'

　추격전을 벌이는 동안 희미하게 가지고 있던 죽음의 기운
이 더 또렷해지긴 했다.

　하지만 그걸 제하더라도 그가 가진 기운은 생각 이상으로
큰 편이다.

　갖은 영약으로 내공을 올린 운현하고도 맞먹을 만큼 그가
가진 기운은 컸다.

이 기운의 반만 잘 쓰더라도 이자가 이리 허무하게 잡힐 리는 없었다.

뭐 하나 말이 안 되는 자.

하나부터 열까지 이해를 할 수 없었으며, 조직의 다른 이들과도 달랐다.

아, 하나는 같다.

"죽여라."

이들은 대체, 무슨 연유인지 죽음을 두려워하지 않는다.

단 한 명. 자신이 죽였던 상인. 이통표국을 흔들어 운현에게 타격을 입히려 했던 자.

정운용.

그만은 살고 싶어 했다.

그의 눈빛은 진짜였다. 그 눈빛은 죽는 그 순간까지도 살기를 갈구하는 눈빛이었다.

그러나 결국 그도,

'상혈단을 먹고 죽었지.'

자살을 했다. 그 외에는 달리 수가 없는 것처럼. 그렇게 죽어버렸다.

단 하나의 예외. 그자 외에는 모두 죽고자 했다. 그런데 이자도 마찬가지라니.

"어서 죽이래도?! 잘 죽여 왔지 않느냐?"

"……."

운현은 그의 외침에는 아랑곳하지 않고 추격전 와중에서도 놓치지 않은 약을 꺼내 들었다.

그의 기운과 더불어 지금껏 잘 먹혀들어 왔던 자백제가 든 약이다.

'기운이 강하니 좀 더 넣어야겠군.'

가루로 된 약이 운현이 물에 섞자 맑게 찰랑거린다. 후유증이 강하다고는 생각지 못할 외양이었다.

"신의라고 불리는 자인 주제에 잘도 그런 걸 써대는구나?"

주지도 약의 정체 정도는 눈치챈 듯하다.

말을 하며 운현의 시선을 돌리면서도 눈을 굴려가며 주변을 살핀다.

"어딜!"

겨우 제압을 해 놨는데도, 살짝 팔이 움직이는 것을 분명 본 운현이다.

'도무지 혈이 정상이 아니야.'

몇 시진은 더 제압을 당해 있어야 하는데 알 수 없는 자다.

운현은 자백제를 한켠에 놓고서는 평소 가지고 다니던 침부터 꺼내어 들었다.

단순히 혈도를 짚는 정도로는 제압이 힘드니 꺼내어 들 수밖에 없었다.

잔인한 방법이기는 했다. 고통이 어마어마할 게다.

침을 꺼내어 들면서도 운현이 자조하듯 말했다.

"당신이 자초한 거요."

"헛소리! 네 선택이지 않더냐? 남 탓은 말거라."

"……일부는 내 선택인 것을 인정하오. 그래도 난 나의 것을 지켜야 하기 때문이라 말할 테지만……. 아플 거요."

주지와의 대화는 언제나 상대를 예우하던 말투와는 전혀 다른 말투다.

당장에 묻고 싶은 것. 다급한 가운데 알아야 하는 게 많아서 그럴지도 몰랐다.

다급함이 다름으로 나온 것이다. 진정 급했으니까.

그나마도 고통스럽다 경고를 해주는 게 운현이 지금 할 수 있는 최대한의 도리였다.

묻고 싶은 것. 알고 싶은 게 많았다.

그러니 잔인해도 어쩔 수 없다.

당장이 급했으니까.

말로서 전하는 예우가 운현이 할 수 있는 최대한의 도리였다.

푸욱!

소침보다는 기다란 중침을 들어서 마혈에 먼저 하나 박는다.

"개새……큿."

"아플 거라 했잖소."

혈에 직접적으로 꽂아설까. 주지의 눈이 파르르 떨린다.

평소 성정대로라면 이쯤에서 멈출 법도 하건만,

푸욱— 푸욱, 푹!

남은 마혈들을 전부 침으로 박아버리는 운현이었다.

그 고통이 너무 심해선지, 끝까지 욕설을 날리던 주지도 결국 몸을 떠는 행위 외에는 아무것도 하지 못했다.

반대로 운현은 결심이 확고한 듯 눈 하나 깜빡이지 않았다.

"고통이 가실 거요."

마혈을 제압한 뒤에도 다른 혈에 침을 박아 넣고 있을 뿐이었다.

다른 혈에도 침을 박아 넣어 고통을 일부 마비시킨 거다.

없던 자비가 생겨서가 아니라 심문을 위해서다.

"병 주고 약 주고더냐. 진정 개새끼로구나?"

더 피할 길이 없다고 여긴 걸까. 인자한 주지의 가면은 온데간데없었다.

개새끼라 욕설을 날리는 자만 있을 뿐이다.

"입장차요. 그대는 그대들이 말하는 게 있을 뿐이고. 나는 내 걸 지켜야 하고."

"개소리. 네 것을 지키는 것과는 비교도 안 될 만큼 중요한 일이다."

중요한 일이라.

세상에 사람을 죽여서, 죽은 자를 일으켜 세워서 이루어야 할 중요한 일이란 게 있겠는가.

큰 뜻을 가지고 있다 해도 많은 자들을 죽여서 얻는 게 과연 큰 뜻인가.

같은 조직에 있는 자에게조차도 금제(禁制)를 걸어 말 한마디 하지 못하게 하는 게 과연 대의인가.

그건 대의가 아니었다.

한 번의 죽음을 겪은 그가 보더라도 그건,

'개소리지.'

말도 안 되는 개소리일 수밖에 없다.

다시 태어나 삶을 연명하는 운현조차도 삶이 소중한데, 어찌 그런 개소리를 할까.

"사람 목숨보다 중요한 일이란 거요? 이미 많은 자들이 죽었는데도? 희생자가 그리 많은데도?"

"그렇다! 그 이상은 없지. 우리가 아니더라도 죽을 자들이었다."

말은 그리하면서도 주지의 눈빛은 왜 흔들리는 걸까. 알 수 없는 일이다.

"······그대는 개소리밖에 하지 못하는군."

"백이 죽고, 만이 죽어도 뜻을 이루면 더 많은 자들을 살릴······ 억."

운현이 개소리를 하는 자의 입을 열어젖혔다. 그러고는 찰랑거리는 자백제를 들어 강제로 삼키게 만들었다.

주지는 끝까지 저항을 하려 했지만, 기도가 막히는 일 따위도 없이 약은 잘도 식도를 타고 들어갔다.

약효가 도는 데 필요한 시간은 아주 잠시. 그 사이도 주지는.

"소용없을 거다. 이따위 것. 네가 아무리 수를 써도 소용없다 이 말이다. 죽어서도 말은······."

욕설을 멈추지 않았다.

자신에게 주어진 의무라고는 그것밖에 없는 것처럼 그는 계속 주절댔다.

도무지 이상한 사람이지 않은가.

"말은 그리 하면서도 왜 그리 도망을 갔소? 살려고?"

"해야 할 일이 있으니까."

"무언지는 말도 않겠지. 뭐 상관은 없소. 곧 말하게 될 테니까."

"못 할 거다. 네놈은 우리를 막지도 못할 거고!"

그러면서도 왜 눈빛은 흔들리고 있는 것일까.

정운용도 그러하고, 낭아도 그러하다. 그가 마주한 모든 자들이 그러했다.

'표리부동(表裏不同)하고는 다른데…… 알 수가 없군.'

이 앞의 주지조차도 무언가 사연이라도 가지고 있는 듯, 죽음을 두려워 않으면서도 동시에 왠지 모를 흔들림을 가지고 있었다.

"네놈도 결국에는…… 크으……."

약효가 돈 건가.

마지막 순간까지도 운현에게 욕설을 날려대던 주지도 결국 어쩔 수 없음인지, 눈이 풀렸다.

'다음은 금제.'

익숙한 모습이었다.

운현은 제대로 된 심문을 위해서 바로 그의 머리에 위치한 혈에 대고 기운을 불어넣기 시작했다.

그런데,

'더 강해?'

총책 정도 되는 자가 되려 다른 이들보다도 금제의 기운이 강했다. 마치 얼마 전에도 금제를 당한 것처럼.

다른 이들보다도 더 강한 금제의 모습에 운현도 당황을

할 수밖에 없었다.

"제길."

그래도 기회는 한 번뿐이다. 이런 자를 또 잡을 수 있을 거라곤 생각도 할 수 없었다.

질문을 던졌다.

"조직의 총단은?"

"흐……."

"강시는 어디서 만드나?"

"……."

오직 침묵 아니면 신음.

"목적은? 그대가 여기서 하는 일은?"

"……."

이미 아는 걸 물어도 답을 하지 않는다.

마치 운현이 불어 넣은 선천진기의 기운보다도 더 강한 금제로 막혀 있는 것처럼.

그래도 눈빛은 흔들리고 있었다.

그도 마지막 가는 길에 무언가 남기고 싶은 거라도 있는 걸까?

아니면 마지막 남은 일 푼의 양심이 흔들리기라도 하는 걸까.

모른다.

그때 운현의 머리에 스쳐 지나가는 하나의 생각이 있었다.

한 번 죽었던 그이기에 더 잘 아는 인간의 본능일는지도 몰랐다.

사람이기에 막아도, 또 막더라도 하고 마는 그것.

사람의 희생도 두려워하지 않으며, 자신들의 사제도 희생양으로 삼을 줄 아는 그이기에 더욱 당위성을 갖고 싶어 할 거다.

자신은 잘했다고. 자신이 하는 일이 헛되지 않았다는 증거를 남기고 싶어 할 거다.

그러니 누구 하나 보지 못하더라도, 무언가 하나는 남길 거다.

'사람이니까.'

자신의 마음속 위안을 위해서라도. 그걸 물었다. 직접적 물음이 아니라 한 단계를 건너뛰어서.

"기록을 남겼겠지? 어디에 있나?"

주지의 눈빛이 흔들렸다.

금제도 직접적 질문만 막아낼 수 있는 것인가. 아니면 주지의 마지막 흔들림인가.

결국 그의 입이 열렸다.

第二章
실마리를 찾다

'역시……'

죄를 지은 사람일수록 당위성을 찾는다. 그건 본능과도
같은 거다.

죄책감에 못 이겨서, 그도 아니면 자신도 어쩔 수 없었다
는 합리성이라도 찾기 위해서.

여러 이유를 가지고서 그들은 자신을 합리화할 수단을 찾
곤 했다.

그리고 그런 합리화에 자주 쓰이는 것은 결국 기록이다.

자신의 위안을 갖기 위해서, 그도 아니면 후세에라도 이
기록을 봤을 때 자신에게 공감해 주길 바라서라도 남기는 거

다.

결국 그런 건.

'개소리지.'

자기 합리화의 일기장밖에 되지 못하건만, 죄를 짓는 많은 자들이 이런 것들을 남기곤 했었다.

우습게도 그런 것들은 그들의 합리화를 도와주기는커녕, 그들의 뒤를 캐는 증거밖에 되지 않았다.

전생에서부터 많이 봐 왔던 결과다.

아무리 합리화를 해도 죄를 지은 자는 결국 죄를 지은 자일 뿐이다.

"무슨 호사를 누리려고……."

마지막으로 운현이 자신에게 제압당한 그대로 숨이 끊어져 버린 주지를 일견한다.

그가 조직의 장은 아닐지라도, 총책은 되지 않는가. 그의 주도로 벌인 일도 꽤 될 것이다.

그런 온갖 일을 벌인 자의 최후치고는 너무도 초라해 보이는 모습이었다.

"그래도 덕분에 찾을 수는 있겠군."

운현이 몸을 날렸다. 목적지는 주지가 평소 머무르고 있던 암자.

그가 마지막 자신의 합리화를 위해서 숨겨 놓은 기록을

찾기 위한 곳이었다.

*   *   *

암자로 달려오니, 시간이 꽤 지났음에도 여전히 소란스러
웠다.

"이게 무슨 일이야."

"그래도 한 분이 치료를 해주셨다는데 누군지 알 수라도
있어야지."

"이거 참. 횡액도 보통 횡액이 아니구만."

적어도 겉으로 보기에는 신실함이 깊은 주지의 형운사가
아니던가.

사찰이 있는 곳 근처의 마을에는 좋은 위안거리가 바로
이 형운사였다.

언제나 그렇듯 일이 있으면 처리를 해주고, 대소사 정도도
좋게 조언을 해 주곤 했으니까.

그런 형운사에서 일이 벌어졌으니 소란스러운 것도 당연
했다.

누군가는 주지가 독구를 던졌다고 의심을 하기도 했다.
아주 일부는.

하지만,

"아무리 그래도 주지 스님이 그랬을라고."

그들의 믿음은 두터웠고.

"차라리 그 얼굴에 길게 흉터 난 놈이 더 의심 가지 않우?"

운현을 되려 의심했다.

운현이 치료를 해주지 않았더라면 많은 자가 몸져누웠을 게 분명함에도 그러했다.

오히려 "맞을 게야.", "아무렴." 이라고 말을 하며 주지의 편을 드는 자가 많았다.

"주지님이 저 어떻게든 의원을 데려 오려고 뛰신 거겠지."

"그래도 보통 걸음이 아니시던데?"

"상황이 상황 아닌가. 우리 살릴라고 죽자 살자 뛰셨겠지."

하기야 누가 그 신실한 주지를 의심하겠는가.

이들은 모르는 사이 이미 죽어버렸지만, 그들이 기억하는 그의 모습은 신실함을 연기했던 그 모습뿐이니.

'이해 못 할 것도 아니지…….'

치료를 해주고도 욕을 먹는 운현이지만 이해가 안 되는 건 아니었다.

이미 죽어버린 주지지만 차라리 그들은 그렇게 기억하고 있는 게 나을지도 몰랐다.

비록 그것이 그들이 집단으로 만들어낸 착각. 근거도 없는 말도 안 되는 거짓일지라도.

주지가 없어져 버린 지금, 형운사가 남겨 놓은 마지막 마음의 위안이 될 수는 있을 거다.

때로는 진실보다는 머리에서 믿는 믿음이 더 크게 작용할 때가 있으니까.

'조심히 들어가야겠군.'

여기서 더 눈에 띄면 좋을 것이 없었다.

운현은 안 그래도 숨겼던 기척을 한참 더 죽이고서는 더욱 조심스레 안으로 들어서기 시작했다.

소리를 죽인 채로 문을 열고 들어가니, 주지의 방에 동자승 하나가 누워 있었다.

꽤 큰 방 하나에 아이 하나.

아이 하나가 비워져 있는 공간을 가득 채우기는 무리였다. 가운데에 있는 아이는 왠지 모르게 외롭게 보이기만 했다.

'혼자인 거려나.'

운현이 알기로 주지 하나, 동자승 하나가 있는 곳이 이곳 형운사다.

그중에서 주지가 사라졌으니 남은 것은 동자승 하나. 누군가가 이곳 주지의 방에 몰래 들여 놓은 듯하다.

아이가 쓰러졌으니, 동정심으로라도 그리했겠지.

홀로 남은 아이 하나가 과연 절을 잘 꾸려 나갈 수 있을까? 모를 일이다.

자신도 모르게 동정이 갈 수밖에 없는 운현이었다. 그 잠시의 시간에 아이도 무언가 느낀 걸까.

열린 방문 쪽을 바라보며 힘없는 목소리로,

"주지 스님?"

하고 불러본다.

몸 전체가 식은땀으로 젖은 주제에 주지부터 찾다니. 주지가 자신을 중독시켰던 것은 생각도 못 하는 듯했다.

하기야 주지가 동자승을 중독시키는 건 보통 사람으로서는 상상할 수 없는 일이다.

아이로서는 이곳에 올 사람이 주지뿐이니 어쩔 수 없는 부름일는지도 몰랐다.

부를 자가 그 외에는 없으니까.

운현은 아이의 눈을 감겨 주고서는 혼혈을 살짝 짚었다.

"좀 더 쉬거라."

"예에……."

낮의 일로 정신이 없어선지 동자승도 금방 혼혈이 짚인 채로 잠이 들었다.

'불쌍하군······.'

운현이 당장 챙겨줄 수는 없는 아이다.

일단은 이곳 형운사를 찾던 향화객들이 챙겨주기를 바랄 수밖에 없다.

후에 인연이 닿는다면 그건 그때 가서 생각해 볼 문제다.

동자승을 재우고, 주변을 살핀 뒤에 문을 완전히 걸어 잠근 그다.

"여기였던가."

그는 성큼성큼 중앙으로 걸어 들어가, 제법 큰 불상 정면으로 섰다.

그리곤 뒤편으로 돌아가,

"······조금 불경스럽긴 한데."

약간의 꺼림칙함을 느끼며 불상의 등 부분을 매만져 살폈다.

처음에는 잘 몰랐으나 금세 뭉툭한 곳이 그의 손에 걸렸다. 그곳을 누르니.

딸칵―

소리가 나며 그 위에 작은 공간이 열렸다. 남들이 알지 못하는 작은 공간이었다.

"고전적이긴 하지만 확실한 방법일지도."

운현은 그리 생각하며 그 안에서 짚이는 것들을 전부 꺼내어 들었다.

서책 몇 개, 지도, 몇 가지 추억이 서린 듯 잘 싸 놓은 장신구 하나.

뒤가 구린 일을 벌인 자의 남긴 물건치고는 굉장히 소박해 보이는 것들이었다.

하기는 지금까지 잘도 흔적을 숨겨 놓은 자들이 바로 이들이다.

그런 주제에 이런 서책은 생각보다 쉬이 찾을 수 있지 않았는가.

세상이 모순 덩어리라고는 하지만, 이들을 책임지고 있는 자가 이런 기록을 남기다니.

"너무 큰 허점이지."

어쩌면 주지는 자신이 걸릴 것이라고는 전혀 생각지도 못했을지도 몰랐다.

참으로 자신감이 넘치는 자였다.

그리 생각하며 운현은 그의 서책으로 보이는 것을 가장 먼저 열어 들었다.

끝이 닳아가고 있는 지도. 그곳에 표시된 곳의 의미를 찾기 위해서다.

                    *   *   *

기록은 기록이었다.

끊김이 많았으나, 기록의 목적에는 충실하여 안에는 여러 내용이 빼곡히 들어가 있었다.

처음 어구는 짧았다.

　실패했다.

무엇이 실패했다는 걸까. 아쉽게도 처음 쓰여진 때가 너무 오래 전인지라 알 수 없었다.

그 뒤에도 같은 내용들이 너무 많았다. 주지는 무언가를 항시 시도했다.

그리곤 실패했다. 그게 무엇인지는 오직 주지만 알지도 몰랐다.

'대체 무슨 짓을 한 걸까.'

강시? 산적들을 모으는 것?

알 수 없다. 온갖 알 수 없는 말로 기록을 해 두니, 과연 기록의 의미가 있을까 싶을 정도다.

실패라는 많은 말이 반복되어 있는 것들을 넘겨가며 보자니 어느새 얼마 되지 않는 부분만이 남았다.

그리곤 익숙한 이름이 나왔다.

'이 사제가 수련동으로 들어갔다.'

낭아라는 자가 말했던 이름이다. 그들이 말한 대로 수련동이라는 곳이 존재한 건 분명했다.

자백제가 전혀 효과가 없었던 게 아니다.

'나 또한 책임을 지게 됐다. 대법이 실행되었다.'

대법?

무엇을 위한 대법일까. 아쉽게도 그런 부분은 운현이 알기에 미약했다.

그런데 대법이라니. 좋은 것은 아닐 터다.

수련동 아니면 대법이라니. 그들에게는 책임을 지는 방식이 꽤나 고약한 듯하다.

'그가 가지고 있던 죽음의 기운이 그와 관련된 걸지도 모르겠군.'

작게 예상을 해 본 운현이다. 어쩌면 가장 진실에 가까운 추론일지도 몰랐다.

"흠……."

그 뒤에 많은 것들이 보였다.

실패라는 기록이 많았지만, 여기서부터는 전에 비해서 맥락을 읽을 수 있었다.

운현과 관련된 이야기들이 많았으니 읽지 못하는 것이 이상할는지도 몰랐다.

'투입. 그리고 실패.'

'흔들기. 실패.'

'습격. 납치. 실패.'

강시나, 산적 어쩌면 한춘석에 관련된 일도 전부 그와 관련되어 있는 일이었으니 그런 걸지도 몰랐다.

꽤 많은 수확들이었다.

"납치도 이들이 벌인 거라면 호북이 아니라 호남도 관련이 있는 건가."

이곳에 쓰인 게 다른 이의 납치가 아니고 한춘석에 관한 납치 사항이라면. 한춘석을 찾기 위해서 호남의 어귀까지 갔었지 않은가.

호북이 아니라 호남에까지도 이어지는 큰 조직일지도 몰랐다.

'이건 심각하군.'

아니길 바라면서도 운현은 계속해서 읽어 들어가기를 주저치 않았다.

맥락이 읽히는 곳에서부터는 몇 번이고 반복해서 읽어갔다.

그리곤 결국 그로부터 필요한 것을 찾아낼 수 있었다.

'수집은 완료했다. 하지만 대법이 성공할지는 장담할 수 없다.'

거의 마지막 그곳에서 흔적이 보였다.

그가 가졌던 그동안의 행적. 그가 써 놓은 기록. 지도. 그리고 그동안 자백으로부터 얻은 많은 흔적들.

하나씩만 놓고 본다면 부족한 것들투성이다.

감히 어딘지도 예상하기 힘들다.

하지만, 그동안의 노력이 있어 성과가 전혀 없는 건 아닌 듯하다.

"확실해졌다."

오래전부터 표시가 되어 온 듯 지도에 표시된 곳은 많았지만, 당장 머리에 떠오르는 곳은 두 곳.

은시와 자귀현 사이의 안온현.

그리고 산과 강을 함께 끼고 있어 험지 중에 하나인 종상(鍾祥)현의 근처.

이 둘이 최종 후보지다.

하나는 수련동, 다른 하나는 강시를 만드는 곳이 분명함 직한 곳이다.

실상 이 둘 중에서 하나가 아니게 되면 운현으로서는 지도에 나온 곳을 죄다 뒤지고 다녀야 할지도 몰랐다.

'어쩌면 하나가 아닐 수도 있고.'

여러 가지 경우의 수는 많았지만 이제는 정말 선택을 해야
할 때다.

그리고 그중에서도 운현은 안온현을 골랐다.

*   *   *

종상현일 수도 있다.

강과 산을 죄다 끼고 있는 그곳의 부근이라면 몸을 숨기
기는 편할 거다.

하지만 운현은 안온현을 택했다.

숨기기에는 종상현이 더 제격이겠지만 그가 가장 중요하
게 본 건 거리였다.

제갈세가와 무당을 생각해서다.

호북성 자체가 제갈과 무당의 영역이라고는 하지만, 그들
의 눈이 열두 시진 내내 호북에 미칠까.

그런 곳도 있고 아닌 곳도 있을 거다.

그중에서도 안온현은 호북에서도 서쪽에 치우친 현이다.

섬서나 중경에 가까워 그쪽의 영향을 받기도 하는 곳이
안온현이다.

실질적인 거리로 놓고 보면 무당이나 제갈보다도 그쪽과

가까운 덕분이다.

거기에 운현은 점수를 더 줬다.

수련동은 차라리 좀 발전을 하다시피 한 종상현에 있을 터이고.

강시라면 이왕이면 영향력이 미미한 곳을 골라 안온현으로 할 것이라 본 것이다.

"이쯤이려나."

안온현까지는 거의 초입이나 다름없다고 봐도 되지만, 그가 호북을 쏘다닌 지가 몇 해던가.

방향을 볼 줄 알고, 가도를 잘 따라 몸을 날래게 움직이니 무리 없이 도착할 수 있었다.

그곳 안온현을 중심지로 해서 다시 서쪽. 조금만 더 가면 지도에 표시된 곳의 부근이다.

저들도 생각은 있으니 바로 현에 만들지는 않았다.

현에서부터 만들었더라면 진즉에 걸리고도 남았을 거다.

"……여긴가?"

안개로 그득 찬 곳. 한낮임에도 으스스한 한기가 느껴지는 곳에 운현의 발걸음이 멈추어 섰다.

가만 서서 보기만 할 필요가 있겠는가.

그러자고 온 것이었다면 이곳까지 한달음에 달려오지도

않았을 거다.

주변을 살펴보던 운현의 발걸음이 점차 안으로 향하기 시작했다.

"기운이 안 좋은데."

한낮의 안개야 산속에서는 흔한 일. 그 정도는 이상하게 여기지도 않았다.

약초꾼 일을 도울 때면 자주 겪던 일이었으니까.

문제는 한기다.

산이라서 온도가 낮은 거라고 보기에는 한기가 너무 강했다.

게다가 이 한기라는 게 단순한 한기가 아닌 게 문제다.

'너무 심하군.'

뭐라도 설치해 놓은 듯 인위적으로 기온이 뚝 떨어진 느낌이다.

"보통 사람은 얼마 견디지도 못하겠군."

한빙석을 산 전체에 덕지덕지 바른 느낌이라고 하면 과장이 심할까.

본래부터 그러한 건지, 인위적으로 그러한 건지는 운현으로서도 잘 몰랐다.

실상 이런 기술이 있더라면 자신이 만든 냉장고가 왜 필요하나 싶을 정도다.

"하기는 가끔 가다가 천연으로 이런 장소가 있긴 하지. 흠……."

어쨌거나 살펴보면 살펴볼수록 어렵기만 한 공간이었다.

지독한 한기에 동물들조차도 다른 곳에 비해 적다시피 했다.

안으로 계속해서 들어가면서 살피기를 오래.

결국 운현은 한 가지의 결론에 도달할 수밖에 없었다.

"진이군."

산이 넓다고 하지만, 운현이 이곳을 뒤진 지가 한 시진이 넘었다.

그런데도 산의 중턱에도 가지 못하는 느낌이다.

정확히는 중턱과 초입의 사이.

그곳에서 계속해서 한기만 맞으면서 시간을 보내고 있는 상태다.

산 자체에 문제가 있는 게 분명했다. 그래서 결론이 진이고.

"어쩐다……."

당장에 진에 관한 없던 지식이 생겨날 수는 없다. 그건 운현이라도 무리다.

그나마 기댈 만한 것은 역시 하나.

'기운을 읽는 거에 걸어봐야겠군.'

얼마 전의 깨달음으로 가능해진 기운 읽기에 기댈 수밖에 없었다. 달리 수가 없었으니까.

성큼성큼 걷던 운현이 아주 조심스레 몸을 움직이기 시작했다.

*　　　*　　　*

사람은 생각을 할 줄 안다.

그리고 그 생각이라 하는 걸 최고로 치는 무가가 있으니 제갈가다.

그들은 그들이 가진 지모 덕에 살아남았다.

오대세가치고는 무공이 약했음에도 그들이 살아남을 수 있었던 것은 그 지모 덕분임을 그 누구도 부정치 않으리라.

문제는 그런 그들도 결국 사람이기에,

"편견에 사로잡혀 있었구나. 편견에⋯⋯."

완벽할 수만은 없었을지도 몰랐다.

지원당주인 제갈민의 넋두리는 그런 인간이기에 당연한 넋두리였다.

"아뇨. 지금까지는 잘 먹혔잖아요. 아버지의 편견이라기보다는 적이 틈을 노린 거겠지요."

"허허. 그렇더냐?"

"예. 저도 의명 의방에서의 경험이 없었더라면 생각도 못 했겠지요."

무림. 무공을 익힌 자가 살아간다는 그곳.

직접 묻는다면 다들 아니라고 말하겠지만 그들은 선민의 식에 휩싸여 있었다.

'우리들은 양민과는 다르다.'

'무공을 익힌 자와 익히지 못한 자는 다르다.'

'우리는 수행을 하는 자다.'

그런 쓸데없는 선민의식.

하지만 쓸데가 없다 하더라도 사람이기에 그런 선민의식을 가질 수밖에 없을지도 몰랐다.

상대는 그 부분을 찍어들어 왔다.

틈으로 생각했고, 그 틈을 제갈가도 모르는 사이에 벌려서는 조심스레 안착을 했다.

십수 년도 더 전부터.

제갈소화는 자신의 아비인 제갈민이 자신의 뜻에 맞춰 움직여 줌에도, 신랄했다.

"잘 보세요. 산적의 일. 민초들이 고통스러워 한다는 명목에 출정은 했지요. 하지만 빨랐을까요?"

"느렸다."

"강시의 일. 신의님이 무당에만 강시에 관한 증거를 가져다 줬다지만 과연 빠른 걸까요?"

"그 또한 느렸지. 인정한다."

"그걸 제하고도 많은 일이 있었죠. 그리고 우린 항상 한발 늦었어요. 왜일까요?"

"그게 편견 때문이라 보는 것이더냐."

"항시 우리의 눈이 향하는 곳은 무림. 속한 곳도 무림이니 어쩔 수 없겠죠. 하지만 결국 같이 살아요. 양민이나 우리나."

"안다."

"예. 알죠. 하지만 알면서도 미처, 아니 애써 신경을 쓰지 않죠. 욕심 때문에요."

"허허……."

무슨 욕심을 말하는 걸까.

제갈가만이 가진 욕심이라 함은 무가로서 천하제일, 가진 바 지모로서도 천하제일을 노리는 것을 말하는 걸까.

그걸 단순히 욕심이라 하기에는 그를 위해서 노력한 세월이 있기에, 그저 웃어 보인 제갈민이었다.

"저희 가문도 무가이니 당연한 일이라고는 생각해요. 문제는 안도 제대로 단속하지 못해서인 거죠."

"그래. 인정한다."

호북성이 곳간이라면, 곳간에 쥐가 그득한 상태다.

그 상태도 모르고 천하가 태평하니, 더 높은 무를 향해 나아가야 하느니 외치고 다녔다.

지금 생각해도 절로 부끄러워지는 일이다.

그래도 하늘이 안배라도 해준 듯 신의라는 좋은 자가 나서 쥐 떼의 태동을 막아주었다지만,

'홀로 하게 둘 수는 없지.'

호북의 주인이랄 수 있는 그들이 가만있을 수만은 없었다.

황녀가 다녀가면서 맡겨 놓은 일도 있으니 더더욱 그랬다.

무당에도 마찬가지겠지만 황녀는 특히 제갈가와 공조를 해주었다.

수행을 하는 무당보다는 이런 일에 앞서 움직일 수 있다고 보았을 것이다.

"그래서 그동안의 사료로 뭘 봤느냐?"

"여기요."

그 사료들을 제갈소화가 분석했다.

그리고 그런 그녀가 가리키는 곳은, 그 많은 자료들이 말하는 곳과는 동떨어진 곳이었다.

운현이 있는 안온현이다.

第三章
우연? 필연?

한계다.

내심 자신이 있던 운현이다.

기운을 읽는 것. 다른 이들보다 강한 기감이라 하는 게 주
는 자신감이었다.

불가능에 가깝던 형의 치료에 성공했다. 암습을 읽을 수
도 있었고, 세뇌를 잠시나마 막는 것도 되었다.

깨달은 건 하난데 쓰임은 많았다.

그러니 자신감 정도야 가질 만하지 않은가. 자만하지 않
은 게 다행일 정도다.

그런데 처음으로 막혔다. 한계를 봤다. 지금까지 없던 한

계다.

"휴……. 무공만큼이나 깊은 게 진이라고 하더니."

이 진이라는 것에 막힐 줄이야.

무언가 실마리가 잡힐 듯한데, 그 실마리마저도 허상이라도 된다는 듯 쉽게 도망치곤 했다.

어렵사리 한 걸음, 한 걸음 내디뎌서 몇 걸음 걷고 보면 다시 제자리인 느낌이다. 아니 제자리인 게 분명했다.

아직까지도 이 산의 중턱에서 멈춰서 있었다.

가만있다 보니 의문점이 꽤 들기는 했다.

이 정도로 기괴한 장소라면 이미 눈치를 챌 법하지 않은가? 걸렸어도 진즉에 걸렸어야 하는 게 당연하다.

"내가 온 걸 눈치채고 진을 발동한 건가?"

아니면 이곳 현 사람들은 이곳을 전혀 안 오는 건가. 그도 아니면 어떤 다른 방식이 있는 건가.

이것도 의문이었다.

혹시나 자신이 온 걸 눈치채고 진을 발동시킨 거라면, 그건 그거대로 문제였다.

'도망칠 수도 있다.'

이곳은 그들에게 있어서 핵심이자 비처일 터.

자신에게 걸린다면 도망을 택할 수도 있다. 아니면 그 이상의 무언가를 벌일 수도 있고.

어느 쪽이든 좋은 결과는 절대 떠오르지가 않는다.

방법을 찾아야 하는데 도무지 그 방법이 보이지가 않는다.

"어쩔 수 없네."

결국 고집을 부리는 건 여기까지다.

며칠이라는 시간을 여기서 소모한 것만으로도 충분했다.

혼자 해결할 수 있는 건 다 해 봤으니, 이제는 함께하는 걸 생각해 볼 때다.

*   *   *

안온현에 왔지만, 안온현의 안으로는 들어간 바가 없는 그다.

바로 지도에 표시된 산을 뒤지고 다녔으니 들어 올 틈도 없었다. 끼니도 벽곡단으로 때운 게 다이니 더 말해서 뭣하랴.

덕분에 행색이 꽤 말도 아닌 운현이다.

어디 하나 성해 보이는 곳이 없었지만, 그래도 그는 객잔보다는 본래부터 가야 할 곳으로 갔다.

'여기겠군.'

특유의 표식을 두는 곳. 하오문의 지부다.

사람이 있으면 하오문이 있다는 말이 괜히 있는 게 아닌 듯, 안온현에도 꽤 큼지막하니 지부가 있었다.

그리고 그 장소는, 역시 그들답게.

"어머!"

"아침부터 왠 산도적이래?"

기루였다.

해가 뉘엿뉘엿 저물어 가설까. 여인들은 민망하지도 않은지, 속곳이 보이는 민망한 옷을 잘도 입고 있었다.

다른 이들의 시선을 부끄러워하기보다는 되려 즐기는 기색까지 느껴질 정도다.

'행색이 말이 아니긴 하지.'

되려 그들이 바라보는 시선에 운현이 다 민망할 정도다. 이제는 적응을 좀 할 법도 하건만, 여전히 이런 곳은 적응이 안 됐다.

그래도 꿋꿋이 걸어야 했다. 고개 숙이면 지는 거다, 운현.

얼마 가지 않으니, 금세 이곳을 관리하는 사내 하나가 운현에게 다가왔다.

"어디로 갈라 그러나? 객잔은 저기에 있는데? 여기는 객잔도 같이하는 곳은 없어."

어디 가서 씻고 오라고 좋게 돌려 말하는 거다.

덩치는 커서 운현이 뒤집어쓴 인피면구만큼이나 험상궂은 얼굴을 하고는 제법 친절했다.

"밤꽃을 보려고 온 게 아닙니다. 꽃에 꼬이는 벌을 보러 왔지요."

꽃과 벌.

이 둘이 들어가면 자연스레 하오문의 암구호로 이어진다. 처음 하연화를 볼 때 했던 말과 크게 다르지 않았다.

"허험. 그럼 그쪽 손님이 아니시구먼."

실례했다는 눈치다.

하기는 이들에게는 손님 가릴 줄 아는 것도 능력이긴 하다.

"여기로."

"부탁하죠."

안내를 받아 바로 들어간 운현.

안으로 들어서니, 하연화와 같은 아름다운 여인은 없었다.

중년에서 노년으로 넘어가는 자가 자리를 지키고서 묵묵히 있을 뿐이었다.

"의뢰요?"

"예. 의뢰입니다."

그가 누군지는 밝히지 않았다. 하오문에서 중요한 건 그가 누구냐가 아니라 의뢰가 뭐냐.

신분을 알아내려거든 하오문에서 먼저 알아내고 봐야 할 일이다.

"뭡니까?"

"서찰을 전해 줬으면 하오. 지급으로."

"지급은 비싼데……."

운현의 행색으로 보아하니 지급의 의뢰는 해낼 수 없을 거 같다는 태도다.

'괜히 까다로운데.'

하연화가 자신의 편의를 꽤 봐주었음을 체감하며, 운현은 전표를 몇 장 꺼내들었다.

본래 내야 할 의뢰비보다도 훨씬 큰 돈이 전표에 쓰여 있었다.

모르긴 몰라도 이 돈을 의뢰비로 주면, 여기 지부장이 챙겨먹는 돈도 꽤 될 거다.

"최대한 빠르게, 그리고 서찰은 지금 막 작성하겠소."

"허허. 이 정도라면야 천리마라도 잡아서 보내야지요. 목적지는 어디로?"

"호북성, 등산현 하오문 지부!"

예상 못 했나. 사내의 눈이 커진다.

　서찰을 보내고서야 운현은 자신의 행색을 꾸릴 수 있었
다.

　자신이 다급히 움직이든, 움직이지 않든 어쩔 수 없음을
알기에 생기는 여유였다.

　"왔군."

　인피면구를 제외한 모든 몸을 재정비하고 기다리다 보니
며칠 후 기다리던 서찰이 왔다.

　단 며칠이라니.

　'대체 무슨 수를 쓰는 건지 모르겠단 말이지.'

　받은 게 있어서도 있겠지만, 하오문이나 개방에서 서찰이
오가는 걸 보면 언제나 예상 이상으로 빨랐다.

　무슨 수단을 쓰는지는 몰라도 분명 운현의 예상을 뛰어넘
는 어떤 방식일 거다.

　단순히 전서구를 이용한다고 보기엔 어마어마한 속도다.

　"보자."

　잔뜩 기대를 한 운현이다.

　하연화에게 도움을 요청하였으니, 어떤 수든 내기는 내줄
거라 봤다.

　그러니 지금 이 순간만을 기다렸던 거다.

진에 관한 고수를 구해다 준다거나, 아니면 그의 행적이라도 찾기를 바랐다.

이왕이면 이 안온현에 있는 진법 고수를 구할 수 있다면 금상첨화겠고.

그런데 그 안의 내용은 꽤 의외였다.

"도착 중이라고?"

—기(期). 삼일(三日).

알 수 없을 세 글자로 시작된 서찰의 내용.

그 아래로 있는 자세한 연유를 읽는 운현으로서는 말도 안 되는 상황에 놀랄 수밖에 없었다.

"제갈 소저가 이리로 오고 있다고? 제갈가랑?"

부르지 않은 여인. 생각지도 못한 여인과 의외의 곳에서 재회하게 됐다.

*　　　*　　　*

"오랜만이죠?"

총관직을 놓아서인가.

헤실거리는 웃음이 그 어느 때보다 가벼워 보였다.

사람이 가벼워서가 아니라 그녀답다—라는 말이 가장 잘

어울리는 웃음이다.

총관직을 맡을 때는 직위가 직위인지라 쉽게 보이지 못하던 모습이 자연스레 그녀를 더 밝아 보이게 만들고 있었다.

"오랜만입니다. 인사도 못 드렸었지요."

"괜찮아요. 여기는 지원당주를 맡고 있는 아버지세요."

역시 아버지인가.

분위기는 전혀 다르지만, 외모가 닮아 있어 짐작은 했었다.

그녀의 아버지 제갈민은 총관직을 놓고 한결 밝아 보이는 그녀와 다르게 꽤 묵직한 느낌이 있었다.

무공을 익혀 그런지 피부 자체는 굉장히 젊었지만, 그 특유의 분위기와 곱게 자란 수염 덕분인지 멋스럽게 나이를 먹은 중후한 느낌이었다.

"제갈민이라 하네."

"이운현이라고 합니다. 부끄럽지만 별호는 호기신의라 합니다. 이렇게 인사하게 되어 결례……."

인피면구가 문제다. 그래도 잘 넘어가 주었다.

문제는, 분위기.

"괜찮네. 상황을 이해하니까. 일단은 앉지."

"예."

제갈민이 너무 딱딱했다. 흡사 분위기가 경직된 걸 즐기는 사람인 듯 매우 딱딱했다.

'이거 괜히 가시방석이군……'

왜 이리도 딱딱한 것일까.

중후하기는 해도 평소 분위기에 있어 딱딱함을 고집하지
는 않는 제갈민이다.

그가 평상시와 다르게 딱딱한 것은, 아무래도 옆에서 헤
실거리고 있는 제갈소화 덕분일 거다.

자신의 딸이 마음을 가지고 있을 사내.

아니 가지고 있는 게 확실한 사내다.

그 어느 아버지가 자신의 딸이 마음에 두고 있는 사내가
마음에 들 수가 있을까.

아무리 운현이 호기신의로 이름이 드높다고 하더라도, 쉽
게 마음에 들 수만은 없을 거다.

딸의 아버지가 딸이 데려 온 사내가 마음에 안 드는 것.

그건 세상의 진리다. 장담할 수 있다. 바로 지금도 그러했
으니까.

그래서 제갈민이 운현의 위치와 명성을 존중하여 하오체
를 쓰면서도 그 어느 때보다 딱딱한 걸 게다.

"미리 요청을 하였다 들었네."

"하오문에 언질을 하기는 했습니다. 진의 고수가 필요했
으니까요."

"진의 고수라……."

"예. 상황은 가면서 설명을 드려야겠지요."

"대충은 들어 알고 있네."

하연화의 일처리 솜씨인가. 설명이 길어질 필요는 없어 편했다.

"제갈가와 마주할지는 몰랐습니다. 게다가 이리 빨리 오실 줄은……."

"우연이 겹쳤네. 본래는 이리 빨리 오지는 못했겠지."

우연이라.

"그렇군요. 본래 이곳에 일이 있으셨던 겁니까?"

"아니네."

본래 제갈가가 이곳에 일이 있었다면 이리 빨리 마주한 것도 쉽게 설명된다.

그런데 아니란다.

의문을 느끼려니 가만히 상황을 지켜보던 제갈소화가 끼어든다.

"그건 제가 설명할게요. 아버지, 괜찮죠?"

"크흠……. 그래. 그게 편하겠구나. 이 아비는 잠시 아이들 좀 보마."

"살펴 가시지요."

한껏 분위기를 경직시키던 것치고는 쉬운 허락이었다.

제갈민도 운현만큼이나 지금의 자리가 불편한 듯한데 당하는 운현으로서는,

'어째야 하는 건지 모르겠군.'

제갈민에게 어찌 장단을 맞춰줘야 할지를 갈피를 못 잡았다.

왜인지는 모르겠지만 제갈민을 대하기가 운현으로서도 껄끄러운 상태였다.

두 남자가 그러거나 말거나, 그녀의 설명은 시작됐다.

"그러니까요. 본래 무가가 아닌 곳이라고 해도 전승되는……."

그녀는 민간에서 전승되는 이야기에서 초점을 맞춰서 이곳을 찾았다 한다.

십수 년, 혹은 수십 년. 각 마을마다 전래되는 이야기들을 모았단다.

일종의 풍문을 모았달까.

제갈가가 기록하기를 삶의 기본으로 하고, 그녀의 할아비되는 제갈문이 여행을 즐겨하는 게 운으로도 작용했을 거다.

자료를 모을 시간을 줄였으니 그녀에겐 여러모로 운이 닿은 셈이다.

그리고 그녀는 그 운에 자신의 분석력을 더했단다.

무림인들이 집중하지 않는 민간의 이야기. 거기에 초점을 맞춘 게 첫째다.

"그리고 실종자들에 대해서도 조사해 봤지요."

"실종자요?"

"예. 예전부터 근래에까지 실종된 이들요."

때로 사람은 쉽게 사라지곤 한다.

십수 년 전에 갑자기 자리를 잡은 자들도 얼마든지 있듯, 갑자기 사라지는 자도 얼마든지 있다.

그들을 전부 살필 수 있을까? 그녀라도 불가능하다. 대신.

"요령을 부렸죠. 유별나게 많이 실종되는 곳. 그럼에도 그것을 당연하게 여기는 곳부터 찾았어요."

"조건을 만든 거군요."

"예. 당연시되지만 당연하지 않는 걸 찾아야 했으니까요."

당연하지만 당연하지 않다. 단순한 이야기지만 어렵기도 한 이야기다.

어느 날 마을 한가운데 바위가 생겼다 하자. 사람들은 의문을 가질 거다.

"이게 왜 생겼지?"

하고. 그게 십 년. 이십 년 지나게 되면?

본래부터 이 바위가 있는 게 당연하게 된다. 어느 순간 생긴 것도 잊혀진다. 시간이란 그러한 거니까.

그녀는 그런 걸 뒤진 거다.

본래부터 자리하고 있던 바위. 사람들이 당연히 여기는 것.

사람이 실종된다고 해도, 이 마을은 원래 험하니 사라질 만하다고 하는 곳.

약초꾼들이 유독 자주 사라지고, 사냥꾼들이 사라지기도 하는 곳. 산이 험하다 소문난 곳.

그러면서도 주변의 다른 지역은 그리 사람들이 사라지지 않는 곳. 그런 곳을 찾았다 한다.

'아주 작은 차이였겠지.'

자신들에게 속한 자에게 대법을 시행할 만큼 그들은 은밀하지 않은가.

말이 쉬운 차이지 실제로 찾으려면 그만큼 어려운 일도 없을 거다.

그걸 찾아내고, 엮고, 분석해서 여기까지 온 거다. 사람들을 이끌고서.

그런데 그녀는.

"생각보다는 어려웠어요. 조금은요."

헤실거리면서 조금 어렵다 말한다.

그녀의 아름다움에 가려진 저 머리 안에는 얼마나 많은

능력이 숨겨져 있을까.

운현으로서는 상상도 안 될 정도였다.

그 어려운 일을 해낸 그녀에게 고작해야 그가 할 수 있는 말이라고는.

"대단하군요. 정말로요."

그녀의 설명을 듣자마자 할 수 있는 말은 이 한마디뿐이다.

다시 태어났다는 특별한 경험을 제외하고는 자신을 범인(凡人)이라 여기는 운현으로서는 정말 상상도 못 할 일이었다.

*　　*　　*

제갈가에서 데려온 인원은 서른이었다.

하나하나가 가진바 기세가 예리한 칼과 같았다. 정예가 분명하다.

그 수가 적기는 했다. 듣자니 이곳 말고도 몇 곳에 흩어져서 움직이고 있단다.

'못해도 수백은 움직이고 있겠지.'

그리고 그들과 관련해서 같이 움직이고 있을 중소문파의 사람들을 생각하면, 더 많을지도 모른다.

잘하면 천이 넘을지도.

보지 않아도 알 수 있는 바다. 그게 제갈가나 무당이 호북에서 가진 힘이니까.

자신의 가문 또한 그리 키워 보겠다는 웅심은 별달리 들지 않지만,

'의방은 의가로서 그 정도는 키워내야겠지.'

의명 의방은 그리 키우고 싶은 바다.

물경 천이 넘는 의방 사람을 얻으면 호북 전체에 의방을 세우는 것도 꿈은 아닐 게다.

그가 제갈가에 대한 가늠을 하면서 걸음을 옮기고 보니 어느새 목적지에 도착했다.

전에 왔을 때는 지명도 모르는 곳이지만 지금은 아는 곳이다.

사한산.

누군가는 사람이 하도 죽어 죽을 사를 써서 사한(死寒)이라고도 한단다.

또 누군가는 사시사철 냉기를 가져 사한(四寒)이라고도 하고.

어느 쪽이든 산이 귀히 쓰이는 양민들에게 버림받은 산이다. 뭐 하나 얻을 곳이 없는 곳이니까.

해서 십수 년도 더 전부터, 마을 사람들이 기억도 못 할

오래전부터 이곳은 버려졌다 한다.

아주 자연스럽게.

오래전 마을에 바위가 박혀 본래부터 그 바위가 있었던 것으로 여기는 것처럼, 자연스레 버려진 산으로 인식이 된 곳이다.

위장이라면 아주 뛰어난 위장이다.

그곳에 일행의 발길이 다시 멈추어 섰다.

'반갑지는 않군.'

반가움보다는 이번에야말로 뚫어 보고야 말겠다는 욕심은 있었다. 그 안에 있을 것을 파괴해야 했으니까.

"여긴가요?"

"예."

"들은 대로군요? 정말로 한기가 강해요."

이번에는 뚫을 수 있을까.

잔뜩 긴장하고 있는 운현과는 다르게 제갈소화의 표정은 밝은 쪽이었다.

그와 함께 있어서 밝은 건지, 드디어 발견을 해 냈다는 것에 대한 밝음인지는 오직 그녀만이 알 게다.

"시작해 보죠."

앞날이 어찌하던 시작만은 밝았다. 분명 시작만은.

                    *   *   *

눈두덩이가 푹 꺼진 노인.

살아온 세월이 얼마가 될지도 가늠하기 힘들 자다.

다 빠진 머리숱에 얼마 남지도 못한 머리숱이 그 초라함을 더해 주고 있었다. 해어진 의복은 촌부라 해도 버릴 거적때기였다.

다 죽어 가는 모습이다.

그런 행색, 표정을 하고도 눈동자는 형형했다.

자신이 살아 있다는 것을 증명하는 마지막 증거라도 되는 양. 젊은이의 혈기 어린 눈을 넘은 그 무언가를 담은 눈빛이었다.

그 눈빛에 어울리는 단어는 몇 안 될 거다.

광기. 혹은 집착 정도.

그 외에 다른 단어는 그에게 실례가 될 단어다.

몇 가지 단어로 자신의 존재를 증명할 수 있을 자다. 그런 삶을 살려면 얼마나 치열하니 살아야 할까.

"며칠짜리 소동이 아니군?"

목소리에는 울림이 있었다. 깊은 음울함을 가진 울림이다.

노인 곁을 지키고 있던 촌부로 보이는 자. 사냥꾼의 행색

74 의원강호

을 하고 있는 자가 바로 말을 받았다. 자연스레.

"잘해야 한 달 정도 있다 갈 줄 알았습니다. 많지 않았습니까. 공명심에 이곳을 도전하는 자는요."

"공명심이라…… 헛된 거지."

"그럼요. 그만큼 헛된 게 어디 있겠습니까."

"아무렴!"

공명심(功名心). 세상에 이름을 알리는 것 자체를 이들은 부끄러워한다. 아니 증오한다.

그 공명심에 죽어간 자들, 그 공명심에 사라져야 했던 자들이 바로 자신들이니까.

"그런데 그런 놈이 제갈가 무사들을 데려왔다? 어디서 굴러먹던 낭인 같다더니?"

"어디서 주워 먹을 거 없어 온 놈인 줄 알았습니다."

"쯧……."

노인이 혀를 찬다.

"그런데 용케 조금 진입은 해 오더군요. 뭐 좀 하는 놈인가 싶었습지요."

"그런데 그놈이 제갈가라. 제대로 못 알아본 게군."

작은 일인 줄 알았더니 큰일이다. 그들의 입장에서는 벌어지지 말아야 할 일이 벌어졌다.

그럼에도 사냥꾼의 표정은 굳을 줄을 몰랐다. 지금 이 상황조차도 즐기는 듯 눈이 밝았다. 농까지 할 정도다.

"못 알아본 눈 뽑아버릴깝쇼?"

"됐네. 그깟 눈 갖고 있어 봐야 어디에 쓴다고."

"킬킬."

경망스러웠다. 지금까지 보인 모든 모습이 가면인 것처럼.

그런 사내를 복잡한 눈빛으로 바라보던 노인이 입을 여는
데는 한참이 걸렸다.

"규칙은 규칙. 냉큼 꺼지기나 해. 애들 챙겨야지."

"여기는 괜찮겠습니까?"

"안 괜찮으면? 제갈가 놈 몇십쯤이야 일도 아니지. 문제
는 뒷일 아닌가."

노인은 광오했다. 진정 제갈가 무사들은 그에게 한 줌 시
빗거리도 되지 않는다는 듯.

"떠날 때가 온 거겠지요. 아니면 드러날 때가 오거나."

"쯧…… 아직 멀었어. 벌써부터 드러내기엔 대계의 완성이
몇 개 더 남았다."

"그러길래 아래 것들만으로 만족하지 말라 했잖습니까?
그런 애들 몇 가지고 일 벌려 봤자입니다."

"그동안은 쓸 만했다. 아마…… 저 치들이 여기까지로 온
걸로 보아. 죽었겠지."

이 작은 곳에 갇혀 있으면서도 노인은 모든 걸 읽어내고

있는 듯했다. 감회에 젖은 걸까. 잠시 변화가 있었던 노인의 표정이 이내 광기로 돌아왔다.

그 표정을 놓치지 않는 사냥꾼이다.

"킬…… 생사가 종이 한 바닥 차이라고 말하더니, 꽤 안타까워 보이십니다?"

"냉큼 꺼져!"

"어이쿠. 아무렴. 어서 꺼져드립지요. 그래도 몇은 살 겁니다."

"볼일 없다."

사한산.

운현이 진입하려 하는 그 냉기로 뒤덮인 산 한켠에서 일어난 작은 소동. 그마저도 얼마 안 가 스러져 사라지고.

모두가 떠나 고요해진 그곳.

"준비를 해야겠군. 몇을 골라야 하누."

노인의 한없이 깊은 울림만이 남았다.

第四章
부정될 자들

'빠르군.'

운현이 기운을 읽어가며 전진한 게 허무해질 정도다.

어렵사리 몇 걸음 걷고 돌아가기를 여러 번 반복해서 걸어들어 간 걸음을 제갈소화는 금방 따라잡았다.

마치 이 정도야 기본 중 기본이란 듯 막힘이 없었다.

이 속도로 따지자면 진즉부터 같이 다녔어야 했나 싶을 정도다.

잠시 막힌다 하더라도, 그녀는 무언가 바닥에 무언가를 써가며 계산을 하면서,

"화가 강해. 생문은 멀고."

몇 번 무어라 중얼거리고는 전진한다. 진을 뚫어가고 있다는 걸 감안하면 막힘이란 것이 전혀 없는 속도다.

"흐음……."

그녀와 같이 있는 제갈가의 무사나 그녀의 아버지 제갈민도 별다른 말 없이 그녀만을 바라보고 있을 뿐이었다.

그들도 진에 관한 소양이 낮은 건 아닐 터.

그럼에도 나서지 않는 건 그녀가 보여주고 있는 속도가 더할 나위 없이 빨라서일 거다.

막힘이 없으니 나설 필요도 느끼지 않는 것이겠지.

그녀가 제갈가에서도 뛰어난 편에 속한다는 것은 이미 알려진 사실이다.

과연 그녀보다도 뛰어난 자들은 얼마나 대단할는지, 새삼 진을 헤쳐 가는 제갈소화의 모습에도 놀라지 않는 제갈가 무사들이 무서워 보일 정도다.

무공은 최강이 아니더라도, 지모는 최강이라 자부할 만한 자들답다.

"으음……."

"왜 그러시죠?"

"여기부터는 조금 어렵네요. 자연과 섞여 있어요."

"자연진이란 겁니까?"

"실제로는 보기 힘든데…… 그러네요? 아버지, 맞죠?"

"살펴보자꾸나."

자연진.

진을 형성하는 것 자체가 주변의 환경을 살피고 그에 맞춰 변형을 하는 게 기본이기는 하다.

여기서 더 나아간 게 자연진이다.

자연의 일부에 맞춰 진을 형성하는 것 정도가 아닌, 자연 그 자체를 이용한다. 말장난 같기는 하지만 자연이 곧 진이고 진이 곧 자연이 되는 거다.

'본래부터 진이 말장난 같기는 한데…… 묘리는 깊단 말이야.'

자연을 이용하는 것과 자연 그 자체를 진으로 만드는 것은 경지의 차이가 매우 크다고 진에 관한 기초를 배울 당시 들었던 운현이다.

어차피 다시 태어나기 이전까지는 상상도 못 하던 게 진 아닌가. 존재 자체도 아직은 수수께끼나 다름이 없었다.

그러니 진이 깊고 대단한 거다. 익히기도 힘들고 사용하기도 힘드니까.

"맞군. 자연진이다. 그것도 꽤 깊은 수준이야. 어지간한 자는 눈치도 채지 못했겠군."

"여기까지 오면서도 진이 있는 듯 없는 듯 희미했으니까요."

"민간 설화에 기반해서 숨는다라. 대단하구나. 대단해."

부녀의 대화에 운현으로서도 짙은 숨이 내뱉어질 수밖에 없었다.

"하……."

이론으로만 듣던 게 이런 거였나.

하기는 이런 높은 수준의 진이기에 자신이 그동안 뚫기 힘들었는지도 몰랐다. 쉬웠더라면 진즉에 알려졌겠지.

이런 곳에 몸을 숨기고 있으니 도무지 찾기 어려웠던 거다.

'대법에 사술 거기다 진까지도 설치해서 써먹는 건가.'

순간 소름이 돋는 운현이다. 이들이 사용하는 비법들이 운현의 상상 이상으로 깊어서였다.

모두가 그 분야에서 최고 수준에 이른 것들이었다. 대법, 사술, 진의 고수들 하나씩만 놓아도 무려 셋이나 되는 고수다.

한 분야의 최고에 다다른 고수가 적어도 셋인 거다. 그 이상 있을지도 모르고. 그러니 소름이 안 돋으랴.

그런 운현의 소름과는 상관이 없이.

"뚫어 보죠. 안 갈 수도 없잖아요?"

"그래 봐야지. 이런 식으로 몸을 숨기고 있을 줄이야, 어떤 자일지 봐야 하지 않겠느냐."

"도망가지 않았기를 바라야죠. 후후."

"그것도 그렇겠구나. 해 보자."

"예, 아버지!"

부녀가 나섰다.

*　　　*　　　*

그녀 한 명은 막을 수 있어도 부녀를 막을 수는 없는가.

지금까지 잘도 정체를 감춰 온 진이지만, 이미 존재를 들
킨 바에야 남은 것은 해체되는 것뿐이었다.

냉기. 안개. 어두움.

셋이 스치듯 지나간다. 아니 그 존재조차도 거짓이었다는
듯 사그라들었다.

그리고 남은 건 묵은 기운.

다른 이들은 어떤 방식으로 느낄지 모르겠지만, 운현은
기운이 묵어 있는 것으로 느껴졌다.

아주 오랫동안 이곳에서 고여 있어 썩어가는 기운 같았다.
다른 이들이 보기에는 진의 기운이겠거니 하겠지만, 적어도
그는 그리 느꼈다.

그 묵은 기운이 세척이라도 되는 듯 씻은 듯 사라지고, 다
른 새로운 기운과 교차되는 게 느껴진다.

'착착 진행되는군.'

진에 관한 이해는 없더라도 기운에 관한 이해는 있기에 기운으로 진이 사라짐을 알아가는 그였다.

이게 이리도 쉬운 거였나.

정체를 감추는 걸 일순위로 놓아서인가. 아니면 그동안 없던 틈이 생기기라도 한 건가. 생각보다 쉬운 진행에 위화감이 들 무렵.

"……제갈 소저."

부녀가 하는 것을 가만 지켜보고만 있던 운현의 입이 다급하게 열렸다.

사한산 자체가 그리 넓지 않은 산이었기에 금방 뚫을 수 있겠다는 생각으로 한껏 고무되어 있었던 제갈소화도 그제서야 운현을 돌아본다.

"뭔가 이상합니다."

"이상하다고요?"

"뒤요. 뒤를 보세요."

"아……."

묵은 기운이 사라져서 새로운 기운으로 교체가 되는 것이겠거니 했다.

기운은 순환하는 것이 기본이니, 자연스러운 순환이라 여겼다. 부녀가 진을 해체하는 것이 대단하여 누구보다 빠르게 진을 헤쳐 나가는 거라 여겼다.

그런데, 이 뒤에 있는 기운은 뭔가.

'묵은 기운……'

진에 의해서 갇혀 있었다 여겼던 기운이 살아 움직이듯 운현 일행의 뒤로 가 있었다. 그들의 뒤가 본래부터 머물러야 하는 새로운 자리라는 듯 똬리를 튼 채였다.

기껏 진을 해체하면서 안으로 들어 왔는데, 이 모양이라면.

"갇힌 것이나 다름없는 상황이죠?"

"그러네요."

진 한가운데에 갇힌 꼴이지 않은가.

어쩐지 쉬워도 너무 쉽다고 여겨졌다.

이상하기는 했지만 진의 정체를 밝혀내는 데 집중을 하느라, 정체만 밝히면 쉽게 진을 해체할 수 있을 거라 여겼다.

그런데 전혀 아니었다.

'제길.'

이들의 진은 정체를 감추기 위함이 아니라, 정체를 알아낸 자들을 싸그리 지우기 위해서 만들어진 곳이었다.

운현은 둘 중 하나를 선택해야 하는가 생각했다.

이 진을 헤치고 나가야 할지, 아니면 뒤로 빠져나가 다시금 새로 준비를 하고 올지를. 문제는.

"뒤가 사문이 됐네요."

그럴 수도 없다는 거였다.

＊　　＊　　＊

앞으로 나아갈 수밖에 없다.

뻥 뚫려 기운으로 막힌 곳이건만 선택권이 없었다. 차라리 미로였더라면 벽이라도 부숴 버렸을 텐데.

'진은 어렵군.'

진이 가진 깊이에 새삼 놀라는 것은 기본. 자신도 진을 활용해야 하는 게 아닌가 싶을 정도다.

그거야 우선은 이곳을 빠져나간 뒤에나 생각해 볼 일인데.

"앞으로 나아갈수록 뒤가 사문으로 바뀌네요. 거기다가 앞도 그냥은 뚫리지 않아요."

이 안에서조차 너무 변화무쌍했다.

"얼마나 걸릴 것 같습니까?"

"글쎄요. 산의 넓이를 생각하면 그래도 하루면 되지 않을까 싶네요."

"짧으면 반나절도 될 걸세. 중요한 건 이곳 넓이가 아니라 진을 뚫는 여부니까."

그래도 제갈가 사람들이 이름값은 하고 있어 다행이었다.

이들마저 없었더라면, 홀로 이곳을 왔을 운현은 갇혀 있을 게 훤했다.

위험했을 거다. 생각만 해도 아찔하다.

"하루라."

"네. 그 정도면 될 거예요. 그리고 걱정 말아요. 이 진은 보호를 해 주기도 하지만 동시에 그들도 갇히는 거나 다름없어요."

"그렇습니까?"

"예. 평소 상태라면 대이동이 무리가 아니겠지만, 사문이 바뀐 뒤로는 그들도 힘들 거예요. 장담해요."

"그건 그나마 다행이군요."

"예! 그러니 딱 하루면 돼요."

운현이 불안해한다 여기기라도 한 건가. 배시시 웃으며 운현에게 확답을 해 주는 제갈소화다.

문제는,

"그조차도 쉽지 않을지도 모르겠군요."

"예?"

"옵니다."

변화하는 진. 그 뒤에 가려진 진짜가 오고 있었다.

─키이익!

─키이.

경험이라고는 단 한 번. 그 한 번의 경험에도 잊을 수 없는 소리다.

'예상은 했다.'

단지 생각보다 일렀을 뿐. 이곳에서 언젠가 볼 것이라 여긴 놈들이다.

"강시……네요. 벌써부터라니."

제갈소화가 운현을 대신해서 놈들의 존재를 확인시켜 줬다.

서서히 모습을 드러내고 있는 강시들의 모습에 운현의 마음이 착잡해졌다. 안온현과 종상현 둘 중 하나를 고른 게 맞았다고 자축을 해야 할까.

그도 아니면 쏟아져 나오고 있는 강시를 보며, 그 수만큼 많은 이들이 죽어갔다 자책을 해야 할까.

어느 쪽이든 그리 좋은 쪽만은 아니었다.

'더 고민할 시간도 없고.'

몸을 드러낸 강시를 향해서 운현의 몸이 쏘아져 나아갔다.

*　　*　　*

통제되지 못한 강시는 자신이 가지지 못한 것에 대한 탐욕을 드러낸다.

산 자에 대한 맹렬한 증오.

썩어가는 손발이 끊어져도, 자신의 내장이 줄줄 흘러나와도 그들은 살아 있는 것을 탐한다.

그게 생명 없는 그들의 존재를 증명할 마지막 수단이라는 듯이.

통제되지 못한 강시의 잔인성이다.

다만 이들은 분명히 통제가 되고 있음에도 그 잔인성을 감출 줄 모른다는 게 문제랄까.

─키이이익!

성대로 내기 힘들 괴음을 내면서 다가오는 그들은 산 자에 대한 맹렬한 증오가 들끓고 있었다. 그에 더해.

'특이하군. 특이해.'

분명 놈들에게서 느껴지는 기운은 미약하지만 생기가 있었다. 운현이 아니라면 알지 못할 아주 미약한 생기다.

'저 미약한 생기로 조종하기라도 하는 건가? 모르겠군.'

대체 어찌 강시가 생기를 가질 수 있을까.

생명력 그 자체나 다름없는 선천진기를 다루는 운현으로서는 궁금증이 물씬 생기지만, 의문의 해결은 그다음이었다.

당장은 저 강시들을 해결해야 했다.

"와라."

그는 검을 빼어 들지는 않았다. 강시를 상대할 때는 검기보다는 손으로 직접 출수하는 수기가 나았다.

쇠붙이를 통해서 한번 걸러진 내기는 효율성은 좋아도, 수기보다는 선천진기 본연의 힘을 보이는 데 미흡했으니까.

약했던 전이라면 몰랐을까 깨달음을 얻은 지금은 전과 달랐다.

—키엑!

가장 먼저 나서 앞을 가린 운현의 생명력을 탐하려는가.

무기도 없이 휘두르는 강시들의 손에는 거침이 없었다. 그를 상대하는 운현 또한 같았다.

휘아아악—

공기를 찢어발긴다.

처음 선봉의 강시와 운현. 둘 모두.

'제법.'

그 매서운 기세는 운현이 처음 상대해 봤던 강시와는 차원을 달리하는 속도를 가지고 있었다.

전에 완성하지 못했던 강시를 지난 시간 동안 완성을 해 낸 것이 분명하다. 그도 아니면 작품이랄 수 있는 몇 안 되는 완성작을 꺼내어 들었을 수도.

어느 쪽이든 눈앞의 강시는 일류 고수 하나는 쉽게 상대할 강시였을지도 모른다.

사람의 정신을 혼란스럽게 만드는 괴음.

산 자를 탐하는 광기.

근육이 파괴되도록 휘두르는 제한 없는 속도.

세 가지의 삼박자는 분명 산 자가 죽은 자를 두려워하기에 충분했다.

다 완성된 강시에게 하나 부족한 것이 있다면.

퍼어어억—

강시의 손에 손을 박아 버리는 데 망설임 하나 없는 운현에 대한 대응이었다.

—키익!

선천진기.

생명력 그 자체로 말미암아 힘을 사용하는 운현의 힘이란 강시에게 상극. 죽음의 기운은 생명력을 가진 선천진기를 이길 수 없다.

전에는 절정에 다가가지 못한 상태였지만 미완성된 강시로 큰 힘을 보였던 운현이지 않았던가.

그때야 미완성된 강시여서 먹혀들었다는 말을 듣기는 했지만, 지금은 상황이 달랐다.

미완성된 강시가 아닌 완성된 강시라고 할지라도, 기운을 느끼고 그 틈을 그대로 찌르고 들어가는 운현이다.

전에 비해서 강해진 선천진기는 단지 무공에 사용되는 정도가 아니라 수기가 되어 죽음의 기운을 내리 찌른다.

—키엑!

콰즈즉— 콰즉.

유리가 깨어지듯 강시의 손이 으깨지다 못해 조각이 난다.

완패다.

단 일수에 으깨진 손. 그 손은 아무리 강시라고 하더라도 다시 쓸 수 없다. 생명력을 탐하기 위해 팔딱거리며 운현을 잡아챌 수 없었다.

기운의 차이. 그 하나가 승패를 갈랐다.

'끝까지 처리해야 한다.'

스악—

이어지는 운현의 수기.

'저기군.'

이번에는 남은 한쪽 팔이 아니라 강시의 명치다. 한 번의 부딪침이었지만 그곳에 이 강시의 근원이 있음을 알았다.

미약한 생명의 기운과 대다수의 죽음의 기운이 저곳 명치에 뭉쳐 있었다. 무려 칠 할이나 됐다.

그 외에 삼 할의 기운은 전신에 흩어져 있을 뿐이다.

다른 강시도 이 강시와 같기를!

다시는 망자가 강시로 태어나 죽음의 조롱감이 되지 않기를!

콰앙!

진심 어린 운현의 바람과 함께 그의 수기가 잔뜩 어린 손이 강시의 명치에 작렬한다.

—키이……

통했다.

적어도 이 눈앞의 강시에게는 운현의 바람이 통했다.

—크으……

파즈즈즈즉. 파즉—

강시의 온몸이 굳는다. 산 자에 대한 증오감은 그 어디에도 없었다. 아무것도 남지 않았다.

주어진 것은 하나.

완전한 죽음.

사라져 버린 손이 아닌 남은 온몸이 유리가 되어 버린 듯 깨어져 나가기 시작한다. 석상이라도 된 듯 굳어서는 전부가 흐트러진다.

*   *   *

단 두 수.

그 두 수만에 강시를 깨부숴 버린 건 괄목할 만한 일이었다. 가장 강하고 날랬을 선봉의 강시를 깨부쉈으니까.

강시는 더 이상 증오를 흩뿌리지도 못했고. 산 자를 잡으려 애를 쓰지도 못했다. 진정한 죽은 자가 됐다.

푸쉬이익—

남은 죽음의 기운은 이미 흩어져 어디론가로 사라졌을 뿐이다.

'새삼스럽지도 않네. 신경 쓰이기는 하는데……'

죽어 가는 환자. 시한부 환자에게나 보이는 죽음의 기운이 저리 흩어지는 게 신경이 쓰인다.

어쩌겠는가. 눈앞의 것부터 막아야지.

"삼십이 넘나."

당장 많은 수를 차지하고 있는 강시부터 막아야 했다.

운현이 놈들을 향해서 다시금 쏘아져 나간다.

콰아아앙!

죽음의 기운을 파악하는 데 일 수.

첫 강시는 명치였으나 다음의 강시는 명치가 아닌 다른 곳에 죽음의 기운이 뭉쳐 있었다.

각자가 위치가 다르니 이 강시를 잡기 어려운 거다.

'복부군.'

콰앙!

기운을 읽어 들인 그다음에는 죽음의 기운이 뭉쳐 있는 곳으로!

단 이 수마다 강시가 하나씩 무너져 내린다.

—키이이이.

운현의 생명력은 감히 뺏어내기가 어렵다고 판단한 걸까.

쯔르르— 쯔르.

아니면 저곳에서 들려오는 묘한 소리가 조종이라도 하는 걸까.

—키이이!

—키익!

반수 정도 되는 강시들이 운현을 무시하고서는 그 뒤에 있는 제갈가 무사들을 향해서 쏘아져 나간다.

전보다 광기가 더욱 강화된 듯 희멀건 눈에서는 핏줄이 곤두서 광망을 뿜어내고 있었다.

"……상관없겠지."

운현이 상대하는 게 반. 뒤로 뭉쳐 달려 나간 강시가 반이다.

기껏해야 열댓 명의 강시를 상대로 제갈가에 무슨 일이 있으랴. 운현은 뒤도 돌아보지 않고 앞의 강시들을 상대하고 또 상대했다.

기운을 파악하고, 부수고.

—키이!

단순한 두 번의 휘두름이지만 아주 확실하게 격살을 해 나갔다.

강시로서 제 몫도 보여 주지 못하고 무너져 나가는 강시의 수가 열쯤이나 됐을까. 이대로라면 쉽게 공세를 막아 낼 수 있겠구나 싶었다.

그런데,

"의원님!"

뒤에서 제갈소화의 다급함이 서린 목소리가 들려온다.

콰아앙!

수기 품은 손으로 하나의 강시를 마저 부숴 버리고는 운현이 뒤를 바라본다.

'이런⋯⋯.'

이게 무슨 일이란 말인가.

열댓 명의 강시가 달려나간 게 아니란 말인가?

자신이 부숴 버린 강시의 수를 더한 것보다 더 많아 보이는 강시가 제갈가의 무사들을 감싸고 있었다.

'설마 뒤?'

사문이라고 여겼던 곳에서 강시가 쏟아져 나온 건가. 앞은 자신이 막고 있으니 그게 가장 확률이 높을 터였다.

젠장. 방심했다.

저들을 인간과 같다고 생각해서는 안 됐다.

인간의 형상을 가지고 있더라도, 강시는 시체로부터 발현된 괴수이지 인간이 아니다.

묵고, 썩은 기운이 어려 있는 사문은 강시에게는 전혀 소용이 없었던 것이다. 괴려 진의 사문을 형성하고 있던 썩은 기운이 도움이라도 된다는 듯이.

―키이이이익!

더욱 큰 괴음을 내고, 더욱 빠르게 손발을 휘두르고 있었다.

'뭣 하나 쉬운 게 없군.'

이곳의 진은 죽은 자를 위한 터였다. 묵은 기운, 썩어가는 기운, 사문을 형성하는 것 모두!

이곳의 강시는 따로 노는 게 아니라 존재 자체로 진과 협공을 하는 존재였다.

여기에 비밀이 있었던 거다.

이들은 단순히 고매하기만 한 자연진 하나만으로도 모자라, 강시까지 동원하여 자신들의 정체를 숨기고 있었다.

진으로 일차. 강시로 이차.

마지막 협동으로 삼차.

그 뒤에는 또 무엇이 있을까?

운현의 손이 다급하게 움직이기 시작한다. 여유가 있던 손발에 제갈세가 무사들에게 다가가기 위한 서두름이 더해진다.

"……제대로군."

지금까지의 추격전. 위험. 함정.

그 모든 것을 뛰어넘는 강시들의 사이에서 운현이 분투했다.

第五章
위기 상황

　포악하게 손을 휘두르는 쪽은 강시가 아니라 운현 쪽이었
다.

　다급했다.

　―키이이익!

　―키익!

　상대도 그것을 알았는지, 이내 '쯔르르' 하는 소리와 함께
운현에게로 파상공세를 하기 시작했다.

　강시를 쉽게 상대하는 운현과 다르게 제갈세가는 일반 무
인들처럼 고전을 하는 터.

　그 덕분에 생긴 여유 전력을 운현에게로 보낸 것이다. 그

렇다 해도 운현을 완전히 막을 수는 없었다.

단 두 수.

고작해야 두 번의 휘두름이면 기운의 중심을 파악하고 부쉬대니 아무리 강시라 해도 파죽지세로 밀릴 수밖에.

강시 쪽이 아니라 운현이 괴물로 보일 만큼 강한 파괴력을 가지고,

"제갈 소저!"

부수고 또 부수면서 들어가기를 한참. 결국 운현은 제갈가의 무사들이 분투하는 곳에 뛰어들 수 있었다.

의원으로서의 자애로움은 이미 잊기라도 한 것인가.

성난 사자가 된 듯 운현은 제갈가 무사들이 막고 있던 방위 중 하나에 자리를 잡았다.

운현이 한쪽에 자리를 잡으니, 적어도 운현이 자리를 잡은 쪽은 철벽이 됐다. 자신이 맡은 방위를 맡고도 다른 쪽을 막아 줄 수 있을 정도다.

덕분에 없던 여유가 생겼다.

쾌즉—

—키이……

"달리 다른 수 없습니까?"

운현이 쉴 새 없이 몰려드는 강시를 깨부수면서 물었다.

그의 분투 덕분에 수가 많이 줄어들기는 했지만, 아직도

오십은 넘는 강시가 보였다.

그 뒤에 안개에 가려진 강시는 또 얼마나 될지 몰랐다. 당장은 여유가 생겼다지만, 이 여유가 얼마나 갈지를 모르는 상황이다.

"아직은요. 얼마나 버티실 수 있겠어요?"

"저야 이쪽만 막는 거라면 몇 시진이고 막을 수는 있습니다. 그래도……."

문제는 나머지 방위다.

운현 덕분에 여유가 생겼어도, 과연 얼마나 버틸 수 있을까.

상극인 선천진기를 다루는 운현과 다르게 다른 무사들은 제갈가의 무공을 익혔을 뿐이다. 일반적인 내공이지 선천진기가 아니다.

그러니 새로운 수가 필요했다. 제갈소화와 제갈민이 무언가 고심하는 듯하지만, 그 역시 얼마나 시간이 필요할는지.

"그럼 됐어요. 혹시 몇 명 빠져도 괜찮겠어요?"

"……음. 그리되면 오래는 못 버틸지도 모릅니다. 그래도 가능은 할 겁니다."

여기서 몇 명이 빠져나가면 그 공백은 운현이 막아야 할 터. 아무리 운현이라고 하더라도 그건 약간 무리일 수도 있었다.

"그럼 됐어요. 자연진이 설치돼 있으니 저희도 그걸 역으로 이용해 볼 참이니까요."

"역이라……."

또 무슨 수를 쓰는 건가. 하여간 의문의 진에 관련해서는 도무지 자신이 도움이 되지 못했다.

결국 믿고 맡기는 것 외에는 다른 수는 없었다.

"알겠습니다!"

"좋아요. 그럼 부탁드릴게요."

운현이 허락의 뜻을 보이자마자 그녀가 재차 외친다.

"왕준! 지환! 종학!"

그로서는 전혀 모르는 이름들이다. 그래도 이름의 주인이 자신을 부름을 모를 리가 있겠는가.

휘이이익—

옷자락을 날리며 호명을 받은 셋이 급히 뒤로 물러났다. 정확히 운현이 맡고 있던 방위의 바로 옆을 맡고 있던 자들이다.

그들이 빠져나간 공간을 제갈가 무사들이 다시 채우기는 했다.

하지만 그들이 있다고 해서 도움이 되겠는가. 당장 급히 분투를 해야 하는 쪽은 운현이었다.

"와라!"

—키이이익!

혹여나 저 강시의 시선을 뺏을 수 있을까 크게 사자후를
외쳐보는 운현이다.

그, 그리고 그와 어깨를 마주하고 있는 제갈가의 무사들
을 향해 강시들이 재차 달려들기 시작한다.

*　　*　　*

—키아아악!

얼마나 깨부쉈을까.

아무리 강시가 운현에게는 잘 통하지 않는다 해도, 팔은
휘둘러야 했다.

기운을 읽어내야 했고, 수기를 두른 채로 기운을 부숴 놓
지 않으면 강시는 펄떡대었다.

다행히도 수십의 강시를 부순 뒤부터는 기운을 읽는 게 더
수월해지기는 했다. 짧은 사이지만 적응을 한 것이다.

그래도 수가 너무 많았다.

"크읏……."

제갈가의 무사들 중 하나가 부상이라도 입어 물러날라 치
면, 그 부담은 운현에게로 가중됐다.

제갈가의 무사들을 탓할 것도 없었다. 저들로서는 최선을

다했으니까. 다만 상성이 너무 안 맞을 뿐이다.

무와 지(智)를 함께 추구하는 제갈가의 검은 상대를 파악하는 게 제일(第一)이요.

파악한 상대의 약점을 공략하는 게 제이(第二).

마지막으로 상대의 심리까지 이용하여 승리를 일구어 내는 게 제삼(第三)이다.

헌데 무공을 사용하는 것은 넘어 간다 쳐도, 강시에게 약점이라고 할 게 뭐가 있겠는가.

팔다리가 끊어져도 달려드는 강시에게 신체적인 약점은 존재치 않는다.

무공을 사용하는 것도 아니니 무공의 약점도 전무(全無).

심리적인 방법은 더더욱 먹히지 않으니 강시를 상대하는 방법이라고는 압도적인 전력에 의한 파괴뿐이다.

운현처럼 선천진기라도 쓰지 않는 한 오로지 그 방법 외에는 공략법이 없다. 그래서 강시가 무서운 것이고.

그러니 운현은 제갈가 무사들을 탓하지 않았다. 어쩔 수 없는 일이니까.

'그래도 힘들긴 하군.'

쓰러져서 뒤로 빠진 제갈가 무사가 여덟. 제갈소화가 추가로 불러들인 무사들을 합하면 총 열셋이다.

서른 중 무려 열셋.

반수에 가까운 제갈가 무사들이 뒤로 빠졌다.

—키이이익!

강시들을 지칠 줄을 모르는데, 무사들은 지치기까지 하니 부담에 부담을 더해서 이중, 삼중으로 지쳐가는 운현이다.

"후우…… 후."

마음껏 날뛰는 것과 누군가를 지키는 것은 확연히 달랐다. 운현도 점차 지쳐가며 숨이 찰 무렵.

계속해서 달려드는 강시를 상대로 분투를 벌이던 그때.

"모두 안으로! 신의님도요!"

이대로 지쳐 모두 쓰러지는 게 아닐까 하는 생각이 들었을 때, 제갈소화의 울림이 그들의 귀를 가득 채웠다.

무사들을 데리고서 한참을 씨름을 하더니 드디어 원하는 바를 이룬 듯했다. 그게 뭔지는 몰라도 당장 잡을 동아줄은 그녀였다.

"모두 빠지십쇼. 제가 제일 마지막에 갑니다."

운현이 이어서 크게 외쳤다. 가장 분투한 것도 그이지만 가장 힘이 남은 것도 그. 하나둘씩 빠져나가는 무사들의 빈자리를 채워줘야 했다.

"부탁드립니다!"

"힘내십쇼!"

같이 싸운 전우여서인가. 운현이 보인 무위에 반해서인가.

운현에게 따로 말을 거는 법 없이 무뚝뚝하기만 하던 제 갈가 무사들이, 잔뜩 눈에 호감을 담고서는 뒤로 빠져나간 다.

'버틴다.'

하나, 둘씩 빈자리가 생겼지만 모두가 함께 살아 나가야 했다.

이 전투로 이미 위급한 자들만 해도 둘이나 된 상황이니. 전력 보존을 제대로 해야 할 터.

운현이 전의를 불태운다.

—키이익!

—키익!

그의 전의가 마음에 들지 않았음인가. 하나둘 빠져나가는 제갈가 무사들에 그들이 증오할 생명이 줄어들어서인가.

남은 강시들 모두가 운현을 향해서 쏘아지기 시작한다.

찌르르르— 찌르—

저 뒤로 삭막하니 울려 퍼지는 괴음도 다급해졌다.

제갈가 무사들이 하나둘씩 제갈소화를 향해서 다가가는 것에 뭔가 있다 느낀 듯했다.

마지막에 마지막. 모두가 빠져나가 이제 한둘만 남은 상황. 버티고 또 버티는 운현에게.

"신의님도요! 어서!"

제갈소화의 목소리가 들린다.

'다 움직였나?'

움직였겠지. 따로 고개를 돌려 확인할 시간도 없었다. 기운을 가늠하여 읽을 시간도 부족했다.

최선을 다했으니 일단은 뒤로 몸을 빼는 게 중요했다.

운현이 제갈소화에게 다다른 순간.

"하앗!"

그 길었던, 침묵. 전투가 이뤄지는 내내 오직 진을 파악하고 변환하는 데에 집중을 하던 제갈민이 움직이기 시작했다.

운현이 온 것을 확인한 제갈소화도 함께 움직였음은 당연했다.

동서남북. 네 방위.

남과 동은 제갈소화가, 북과 서는 그녀의 아버지가 맡아 순식간에 손을 놀리기 시작했다.

주변에 있던 작은 돌멩이. 그들이 가지고 다녔을, 복잡한 문양이 새겨져 있는 나무 조각들이 푹— 푹하고 땅에 박히고, 세워지며 어느 한 모양을 형성한다.

어느덧 마지막.

진각을 밟듯 땅을 한 번 박차고는 말없이 자신의 검을 뽑아든 제갈민이 바닥에 수직으로 곧게 검을 박아 선다.

그때. 변화가 일어났다.

"기운이?"

눈으로는 보이지 않지만, 기운을 읽어내는 운현은 그 변화를 누구보다 생동감 있게 느꼈다.

이 주변에 가득하여 강시를 보호하듯 머물러 있던 죽음의 기운이 부녀를 중심으로 반경 이 장을 물러났다.

경계선이라도 덧씌워진 듯 순식간에 반원 형태의 안으로 생기를 머금은 기가 들어왔다. 정상적인 산이라면 있어야 할 본래의 기운과 같은 생기다.

자연스러운 기운이었지만, 적어도 적이 설치한 이 진 안에서만큼은 부자연스러운 생기가 가득 돌고 있는 것이다.

극적인 기운의 변화였다.

그리고 그 극적인 변화 덕분인지, 강시들이 다가오지 못하고 있었다. 눈을 잃어버린 맹인처럼 주변을 배회하고 있을 뿐이었다.

"대단하군요."

"생문을 잠시 비튼 거예요. 그치만 오랜 시간은 아무래도 힘들겠죠."

이번 일은 그녀와 그녀의 아버지도 쉬운 일이 아니었던 듯, 전투를 치른 것처럼 땀이 가득했다.

부녀의 노력으로 지리멸렬하던 전투가 한순간 소강상태를

맞이할 수 있었다.

허나 그마저도.

찌르르르— 찌르.

저 괴음 아래에서 얼마나 버틸 수 있을 것인가?

＊　　　＊　　　＊

괴음은 여전했다.

강시들은 괴음이 울릴 때마다 썩어가다 만 육체를 들어 휘둘러 보았지만, 방벽에 막히기라도 하는 듯 더 접근하지 못했다.

정확히 진의 기운이 생기로 가득 찬 공간까지다. 삭막한 울림이 계속되었지만 아직까지는 완전히 막혔다.

진 한가운데에 다른 진이라니. 그리고 그 진에 의하여 생기는 여유라니.

생각지도 못하게 생긴 여유에,

'진을 더 공부해야 하나.'

싶은 생각이 들 정도다. 기운을 조종하고, 그 기운을 이용하는 게 인상이 깊었다.

단순히 자연지물을 이용하여 생문, 사문을 만들어내는 것이 아니라 기운을 조종하다니. 깨달음을 얻기 이전엔 몰랐지만, 또 다른 하나의 경지였다.

제갈민과 제갈소화 모두 그 사이 짧게나마 휴식을 취했는지, 다른 무사들과 함께 자리를 잡아 앉았다.

"으으……."

운현은 소강상태를 맞이한 잠깐, 부상당한 자들을 돌보기 시작했다. 그답게 짧더라도, 응급조치라도 하려 했다.

그 사이에도 부녀는 머리 돌리기를 멈추지 않았다.

"다행이네요. 아버지 공이 컸어요."

"아니다. 네 생각이 컸다. 그나저나 이제 어찌 해야 할지……."

"오래는 못 버틸 거예요. 잠깐이겠죠."

"그렇지. 그 사이에 뭐든 처리를 해야 하는데……."

아무래도 부녀가 만들어낸 신기(神技)는 제한 시간이 있는 듯했다. 그 사이 또 다른 해결책을 내야 했다.

*　　　*　　　*

"얼마나 유지되는 겁니까?"

다른 제갈가 무사들이야 어림짐작이라도 할 거다. 하지만 진을 잘 모르는 운현으로서는 알 길이 없어 물었다.

"잘해야 두 시진에서 세 시진 사이에요. 그조차도 여럿이 유지해서요."

"설마 진기 주입을 통해서 유지하는 겁니까? 자연진은 자연의 기운을 쓰는 게 아니었습니까?"

알던 게 바뀌니 머리가 복잡해지는 운현이다. 진의 고수는 아니니까.

게다가 말을 들어보니 진을 유지하기 위한 무언가를 하고 있다는 말이지 않은가. 그건 그거대로 문제다.

"자연진이지만, 비틀었으니까요. 비틀지 않았더라면 유지가 됐을 리도 없구요."

"유지하는 데는 진기라도 듭니까?"

"아뇨. 대신에 계속해서 변화하는 진을 보고 그에 맞춰 비틀어야 해요. 지금처럼 하는 건 쉬운 게 아니니까요."

"어렵군요."

"예. 그마저도 최대로 잡은 거예요. 그 이상은 변화를 계산해 낼 수 있을지 잘 모르겠네요. 차라리 해진이 낫지요."

두세 시진. 그사이 잠시 버티는 것 외에 달라지는 게 없다면 휴식시간만 번 게 아닌가.

시한부 인생이나 다름없다.

애써 빠져나와 달리 수단이라도 생겼나 했는데, 한숨이 비어져 나온다.

모두가 그것을 직감하고 있어서인지 인상이 잔뜩 굳어 있었다.

"여기서 버티는 거 말고는 달리 수가 없는 겁니까?"

"비트는 차원을 넘어 아예 진을 변환하면 될지도 모르네. 그럼 나아지겠지."

제갈소화가 아니라 제갈민에게서 답이 나왔다.

"변환 말입니까?"

"그렇네. 강시 자체의 강력함도 있지만 맥을 못 춘 건 진 탓도 컸네."

"어느 정도는 눈치는 챘었습니다."

계속해서 침범해 들어오는 썩은 기운. 진에 의한 기운이었다. 그 기운 탓에 힘을 잘 못 쓴 것도 있을 거다.

운현이야 기운 그 자체를 느끼고 피하지만 다른 자들에겐 무리다.

"그러니 진을 변환하면 달라질 수 있을 걸세."

"아버지!"

"안다."

무얼 안단 걸까.

"확률도 낮아요. 그렇다고 진이 해체되고 난 뒤라도 장담도 못 하구요."

"소화야, 이 아비는 안다고 했다."

"그러니 차라리 다른 방법을 찾아요. 찾아보면……."

"없다."

무언가 직감하기라도 한 걸까. 그녀가 다급하니 말을 하는데 제갈민은 그 말을 끊었다.

"있을 리가 없지. 적의 소굴에서 확실한 방법이란 게 있을 리는 없지 않느냐."

"알아요. 그래도 어떻게든……."

"되었다. 성격에 맞지는 않지만, 도박이라도 해보자꾸나. 신의, 도와줄 수 있겠나?"

제갈민은 굳은 결심을 한 표정이다. 거절할 도리가 없지 않은가.

"예. 제가 할 수 있다면 해야겠지요."

"좋네."

굳은 눈길로 운현을 바라보는 제갈민의 표정이 잔뜩 굳어 있었다.

*　　*　　*

'막아낸다.'

부모라는 이름하에서 사람이란 왜 이리도 초탈해지는 것일까.

자기 목숨, 처지, 아주 작은 사소한 이유로도 사람을 죽이곤 하는 게 사람일진대.

부모라는 이가 되면 그들은 그 자신에게 초탈해지고, 자식에게 맹목적이게 된다. 자식에게 자신의 모든 것을 건네주기라도 해야 한다는 듯이.

[딸아이는 꼭 지켜주게나.]

제갈소화와 함께 진을 변환하기 위해 나설 때 운현의 귀로 들려오는 전음이었다. 누군지는 말할 필요도 없었다. 이곳에 딸을 가진 아버지는 한 명뿐이었으니까.

그도 진을 변환하라고 그들을 보냈지만, 그것이 힘든 걸 알 거다. 그렇기에 저 마지막 말을 남겼겠지.

그러니 막을 거다. 막아야만 했다.

운현이 바로 몸을 움직였다.

품 한쪽에는 제갈소화가 있는 상태였다. 그녀도 홀로 움직인다 말했지만 이 상황에서는 운현의 품에 있는 게 차라리 나았다.

홀로 있다 갇히면, 그때는 정말 끝이다. 진을 해체할 자가 없다.

"아버지의 말대로 진이 변환된다 해도 완전히 장담은 못 해요. 강시에게 역효과가 날지 안 날지는요. 되려 아무런 효과도 없을지도 몰라요."

"해내야죠."

"본래 해진을 할 때부터 계산은 돼 있기는 했지만, 확률이 너무 낮아요."

변환될 확률도 낮다. 해내도 상황이 반전될지는 알 수가 없다. 그럼에도 해내야 했다. 그게 둘의 상황이다.

—키이이익!

잠시의 대화조차 허락 않는가.

강시들은 굳어버린 입을 쩌억하고 열어서는 운현에게 달려든다. 운현의 일 수에 날아간 팔 대신 이로라도 물어 재낄 기세다.

예상은 했다.

쩌어어엉—

한쪽에는 제갈소화를 안아 들고 있는바. 수기가 아닌 기운을 침으로 만들어 날려 강시를 상대한 운현이다.

썩은 기운이 밀집된 곳에 침을 날리자, 그대로 강시 하나가 부서진다.

지킬 자라고는 하나. 제갈소화뿐.

아까처럼 뒤를 볼 필요는 없었다. 그렇기에 운현의 움직임에는 거침이 없었다.

앞을 막은 강시를 깨부수고, 으깬다.

우선은 산 자들부터 살려야 했다. 저 안에서 운현이 해내기를 기다리고 있는 자들부터 살려야 했다.

죽기 이전 이들이 가진 사연. 강시가 되기 이전의 사연도 지금 이 순간만큼은 차선이 될 뿐이다.

찌르르르— 찌르.

"저기예요. 조금만 더 가면 돼요."

아까부터 들려오던 묘한 괴음. 제갈소화가 그 괴음의 진원지를 가리켰다.

공교롭게도 누군가 있을 그곳이 그들이 가서 진을 변환해야 할 곳이었다.

第六章
충돌

찌르르.

언제까지고 울릴 것 같던 굉음이 멈추었다. 운현과 제갈
소화가 도착을 한 그 순간부터다.

'⋯⋯미쳤군.'

그들이 목적지로 둔 곳은 진의 중심.

자연진을 형성하고 있는 곳을 변환하는 것이 제일의 목적
이요. 그조차도 지난하면 해진을 하는 게 제이의 목적이다.

둘 모두 어려울 거라 말하는 제갈소화지만 그녀를 믿고서
달려 온 운현이다.

그런데 눈앞에 있는 시체의 산은 뭔가. 그 주변에도 쌓일

정도는 아니었지만, 수많은 시체가 그대로 뉘어 있었다.

양민이고 무인이고 가릴 것 없었다. 미친 곳이다.

'비정상적. 아니 애시당초 강시가 상식적이지는 않지.'

썩은 기운 덕에 시체에 염을 해 줄 필요도 없다는 듯 시체는 잘도 썩지도 않고 있었다. 차라리 강시가 더 썩어 있다고볼 수 있을 정도였다.

방금 전에 죽은 듯한 시체들만 골라서 쌓은 듯, 시체의 산은 그 기운을 읽지 못했더라면 깊이 잠든 자들을 쌓아 놓은 것이라고 믿었을지도 몰랐다.

당장 숨을 쉬어도 이상치 않을 자들이 가장 위에서부터 시작하여 운현의 키를 넘게 쌓여 있었다.

족히 일 장은 조금 넘어 보였다.

그 시체의 산 한가운데의 위.

"왔군."

카랑카랑한 음성을 가진 노인이 광망 어린 눈빛으로 둘을 바라보고 있었다. 이들이 오는 것을 이미 눈치라도 챈 듯했다.

그의 손에 쥐어진 낚싯대만큼이나 긴 장대를 보면 확실했다.

그 길디긴 장대에 달린 방울들이 요사스럽기만 하던 소리의 근원지였을 거다.

그가 지금까지 일어난 일의 원흉일지는 확실치 않아도, 적어도 하나는 확실했다. 그와 관련된 자다.

"제가 맡죠. 소저는……."

"알고 있어요. 이때를 위해서 비축한 거니까요. 저는 저대로 움직일게요."

"조심하세요."

"예!"

잠시 자신을 보호할 어떤 수단이라도 있는 것일까.

'믿어볼 수밖에…….'

달리 수는 없다.

제갈소화는 진. 자신은 저자를 상대해야 했다.

저자를 상대해야 하는 건, 이곳 사한산에 들어설 때부터 당연히 예정된 일이었을는지도 모른다.

사기를 조종하고, 강시를 만들어내는 자는 어찌 상대해야 할까.

운현이 잔뜩 긴장한 기색으로 발걸음을 옮기기 시작한다. 시체의 산을 쌓아 놓고 있는 노인을 향해서.

'아버지. 그리고 신의님.'

제갈소화 또한 진을 변형키 위해. 자신의 아버지와 무사들. 그리고 신의에게 도움이 되고자 계산을 하며 바삐 움직이기 시작했다.

*   *   *

시체 산 위에 앉아 있는 노인은 제갈소화가 바삐 움직이는데도 태연한 안색이다. 얼핏 그녀를 바라봤지만 몸을 움직인다거나 하지는 않았다.

"쓸데없는 헛짓이로고. 그깟 계집년 하나가 열쇠가 될 거라 보느냐?"

"그대보다는 낫겠지."

그가 상대하던 그 누구보다도 나이가 많은 자다. 허나 시체 산 위에서 냉소적인 모습을 보이는 자까지 배려할 정도로 우둔하지는 않았다.

최소한의 존중은 목숨도 초개같이 하는 자, 적어도 그들만의 순수성을 가진 자들을 위함이다. 적어도 저런 노인을 위해서는 아니었다.

주름투성이의 얼굴도, 젊은이만큼 빛나는 눈빛도, 용케 긴 장대를 휘둘러댈 강건함도 운현에게는 존중의 가치가 되지 못했다.

노인의 주름이 꿈틀거린다.

"어린 게 배워 먹은 게 없나 보구나?"

"댁보다는 많이 배웠지."

"흐흐. 고얀 것. 어디 한바탕 춤추는 거나 보자꾸나."

말은 그리하면서도 웃음을 짓는 것은 뭔가.

찌르르르—

설명을 더 해줄 필요는 없다는 듯, 그 긴 장대에 있는 방울을 흔든다.

어떤 공명이라도 되는 듯 가까이서 들리는 방울들의 음은 운현의 신경을 잔뜩 긁어댔다.

그리고.

"……조종이군."

—키이이익.

—키익.

시체인 줄만 알았던 강시들이 몸을 일으키기 시작했다. 방울이 그들을 움직이는 모든 신호라도 되는 듯이.

본래부터 그들을 쫓아오던 강시와 다시 몸을 일으킨 강시.

이들이 도착하면서부터 다가오던 강시까지. 수없이 많은 강시가 운현을 향해서 달려들기 시작했다.

*　　*　　*

동강시. 철강시…… 금강시.

강시들을 나누는 기준은 많았고, 대다수가 이들이 나눈 기준에 부합했다.

동강시일수록 약하고, 금강시일수록 강한 그런 기준. 오래 전 멸교되었다는 혈교가 만들어 대던 강시를 제외하곤 모두 그러했다.

그런데 지금 이 강시들은 뭔가.

"……기준이 없군."

손 안에 한 줌도 안 되는 작은 약을 만들어도 기준이 있을진대, 눈앞의 강시들은 중구난방이다.

매우 강한 강시가 있는가 하면, 매우 약한 강시도 있었다. 급조라도 된 듯한 느낌이다. 그도 아니면 강시의 재료가 되는 시체가,

'다양한 곳에서 죽어 나간 시체여서 그런 걸지도…….'

여러 곳에서 모인 시체여서 그럴지도 몰랐다.

그래도 같은 자연진 안에서 싸우는 것일진대, 아까 상대했던 강시들보다 못하다는 느낌은 지울 수가 없었다.

—키이이익!

—키익!

같은 점이라고는 운현에게 으깨지든 말든 하염없이 덤벼

드는 것뿐이었다.

어찌 됐던 이곳의 모든 강시들은 다시 죽을 때까지 운현에게 달려들 터.

'저 노인…….'

이 상황을 타개하기 위해서는 방울 달린 장대를 휘두르며 강시를 조종하는 저 노인부터 죽여야 했다.

＊　　　＊　　　＊

'조심.'

운현에게 걱정 말라 했지만, 제갈소화라 해서 많은 수가 있는 건 아니었다.

단지 잠시지만 강시의 눈을 가릴 계책이 있을 뿐이었다.

푸슉―

땅에 박히는 목침(木針)이 그 계책을 위한 도구. 아주 작은 규모인 데다 일시적이지만, 진을 비트는 것으로 강시의 눈을 속이곤 하는 그녀다.

이마저도 운현이 대다수의 강시들을 상대하며 시선을 끌어준 덕분이다.

모든 강시들이 그녀를 향하고 있었더라면 아무리 그녀라 해도 강시를 모두 상대하는 건 무리였다.

그걸 알기에 그녀는 급히 다리를 놀렸다.

'이쪽이 본래 산 기운이 강해야 하는 곳.'

진의 중심은 시체의 산. 본래 계산된 곳에서 조금 비껴나 간 곳에 진의 중심이 있다.

그렇다 해서 완전히 진을 변환하지 못하게 막힌 건 아니다. 노인은 쓸데없는 짓이라 말했지만, 그녀는 쓸데없는 짓을 쓸데 있는 짓으로 바꿀 자신이 있었다.

적어도 진에 관해서만큼은 제갈가가 괜히 제갈가가 아닌 것이다.

'산이니 숲의 목 속성을 강화시켜 주고…….'

아래로 흐르는 수맥의 기운을 끌어오기 위해서 몇 개의 목침을 박아댄다.

모두가 그녀의 계산에 의하여 치밀하게 박히고 제 위치를 점유하고 있었다. 얇지만 긴 목침 수십여 개가 더 박혀 들어간다.

이곳에 없지만, 제갈민의 충고가 있었기에 더욱 쉬이 목침을 박았다. 하지만 실전은 실전.

'여기서부터는 세밀하게 조종해야 해.'

충고를 따르는 수준을 넘어 여기부터는 그녀가 기운을 조종하고 통제해야 했다. 작은 기운을 통제하고 비트는 것만으로도 한참의 시간이 걸렸던 터.

그마저도 몇 시진 동안 유지되는 휴식처를 만드는 게 다였다.

지금까지는 준비 단계나 마찬가지였다. 여기부터는 지금까지와는 차원이 다른 움직임을 보여줘야만 했다.

어쩌면 실패를 해서 모든 강시의 눈이 이곳으로 쏠릴지도 몰랐다.

진의 썩은 기운을 본래 산이 지녀야 할 기운으로 뒤집는 것에 실패하면, 그런 결과는 당연하다.

그러니,

'신의님.'

마지막으로 운현을 한 번 일견하고서는 자신의 앞에 놓여진 목침들을 가지고 바삐 움직이기 시작하는 그녀였다.

멀지도 않다. 전진까지는 금방.

모든 걸 호쾌하게 깨부수며 강시를 상대하는 것 또한 금방이었다.

적응 정도가 아니라, 수백이 넘는 강시를 상대하니, 강시 학살자가 되는 게 아닌가 싶을 정도다.

'또 명치. 대다수가 명치군.'

퍼억—

그만큼 기운을 읽고 파악하는 게 쉬워졌다. 실전이 모든 수련 중에 최고봉이라는 걸 증명하고 있는 것이다.

—키이이익!

—키이익!

그럼에도 전투가 끝나지 않는 건 하염없이 몰려드는 강시들 덕분.

시체를 챙기는 걸 알기는 했지만, 이만큼이나 많은 강시들을 만들어 댄 건 저 위에서 장대를 조종하고 있는 노인의 힘일 거다.

혹은 그 뒤에 숨어 있는 조직의 힘 덕분.

'어느 쪽도 마음에 안 들어.'

그러면서도 운현은 손을 움직이기를 멈추지 않았다. 동시에 달라진 것.

수기.

전에는 손 전체를 감사는 수기를 사용했다면, 이제는 아주 일부의 수기만이 운현의 손을 감싸고 있었다.

진기가 모자라서?

그럴 리가. 선천진기의 힘은 기의 농밀함. 일반적인 내기보다 몇 배의 힘을 낼 수 있는 게 선천진기다.

아까야 지켜야 하는 자들이 있어 강시들에게 밀렸지만, 지금은 그도 아니잖은가. 제갈소화가 제 몫을 해주고 있었으니까.

그렇기에 내기가 모자랄 것도, 강시에 밀릴 것도 없다.

지금보다 더 오랜 시간도 버텨낼 수 있다.

그가 수기에 들어갈 기를 아끼고 있는 이유는 하나.

'저 노인.'

무언가 꺼림칙함이 계속해서 느껴지는 저 노인을 상대키 위해서다. 그는 강시 조종을 하는 것 이상의 무언가가 분명 있었다.

—키이이이이익!

—키익!

좀 더 나은 강시. 좀 더 강해진 강시가 나온다.

기존의 무력이 들쑥날쑥하던 강시가 아니라, 좀 더 정교한 움직임을 가진 강시를 상대한 지 얼마나 됐을까.

"쯧……. 이래서야 우리가 쓸데없는 헛짓을 한 셈이군."

다른 이는 몰라도 운현은 그 목소리를 똑똑히 들었다.

'역시 내공이 깊다.'

전장의 한가운데에서도 들리는 목소리라니. 대체 노인의 정체는 뭐란 말인가.

"노년에 편히 살려 했거늘. 어린 아해가 다 망치는구나."

"개소리."

"흥!"

노인이 기묘한 소리를 내던 장대를 휘둘렀다. 운현의 귀를

썩게 하던 괴음은 들리지 않았다. 대신.

슝— 슈우우웅—

긴 장대에 달려 있던 방울들이 운현을 향해서 달려들기 시
작했다.

쌔엥 하면서 날아드는 방울들의 위협이란!

—키이이이익!

용케도 강시 사이사이로 날아드는 방울들은 분명, 운현이
아니라면 큰 위협이 됐을 거다.

'후……'

방울 하나하나에 실린 기운. 그걸 읽었다.

자기 몸을 믿고 덤벼드는 강시에 노인이 날린 방울이 달려
들 뿐이었다. 그 정도야 못 피할 것도 없다.

단지 조금 어려울 뿐이다. 불가능한 게 아니다.

"으차."

운현이 쉽게도 피했다.

"제법! 좋은 재료로구나!"

노인이 운현의 움직임에 눈을 빛낸다.

그의 말이 일반적이지 않은 것만 제하면 운현에 대한 칭찬
인 건 분명했다. 그도 나름 감탄을 하고 있는 셈이다.

"한바탕 놀아보자꾸나."

대체 저 장대는 뭘로 만든 거란 말인가.

방울로 괴음을 내지를 않나. 그 다음에는 반으로 톡하고 부러지듯 긴 장대 중 반이 떨어져 나간다.

쿠웅.

길고 긴 장대에서 고작해야 반. 그 반의 장대가 떨어진 소리치고는 예사롭지가 않았다. 무거운 음이었다.

'저런 걸 들고 방울을 흔들어 댄 건가?'

장난감 휘두르듯이? 미쳤군. 고개가 저어질 정도다.

운현이 놀랄 틈도 없었다.

반이 떨어진 장대는 이제는 긴 장대라기엔 봉에 가까웠다. 흡사 소림사 무승들이 쓰는 것과 비슷했다.

'소림?'

설마 이곳에 소림이 관련돼 있으랴. 말도 안 되는 소리다.

운현의 생각이 더 이어지기도 전에,

"노옴!"

일 장이 넘는 시체의 산에서 노인이 그대로 운현을 향해 쏟아져 왔다.

*　　　*　　　*

다 늙은 노인이 움직임은 전광석화(電光石火)였다. 빨라도 너무 빨랐다.

노쇠해 가는 것으로 보이는 왜소한 육체와는 다르게 가진 내공 또한 강맹했다.

쒜에에에엑—

콰앙—

"······윽."

노년이 날린 한 수라고는 생각지도 못할 만큼 무거운 일수가 운현에게 작렬했다.

'미친······.'

상대하던 강시를 급히 처리하고 본격적으로 막지 않았더라면 운현으로서는 큰 손해가 날 뻔한 상황이었다.

내공을 아끼지 않은 게 다행이었다.

그만큼 노인의 일수는 무거웠다. 그가 감히 노인이란 생각이 들지 않을 만큼.

단 일 수지만 젊은이의 강맹함과 노년의 무인이 가진 매서움이 함께 느껴졌다.

"제법이로구나?"

노인도 단 일 수에 운현을 처리할 수 없다는 걸 알았는가.

아쉬운 표정 하나 짓지 않고서는 급히 뒤로 물러섰다.

그리곤 자세를 잡았다.

봉을 들고는 있지만 그 자세가 얼핏 짐승의 그것과 닮아 있었다.

맹수가 초식동물을 상대할 때 단 일 수에 멱을 따버리듯, 노인의 손에서 길게 이어져 나온 장대는 분명 운현의 멱을 노리고 있었다.

자세 하나조차도 예사롭지 않았다.

'빈틈 하나 없군. 그리고 소림은 아니겠어.'

저런 살기 어린 무공이 소림의 것일 리가.

아직 소림의 무공을 직접 견식한 바는 없어도 들은 것은 있는 터.

저 살귀인 자의 무공에서 소림을 떠올린 게 소림에 죄스러울 정도다.

'어쩐다?'

기운을 읽고 적을 압살하는 방식에 익숙해지던 그다. 그 방식으로 강시들을 압살해 왔다.

그런 운현에게도 그의 빈틈이란 도무지 읽혀지지 않았다. 기운과는 다른 무의 깊이가 운현을 막아섰다.

'이대로 들어가면 손해.'

선공필승이라고 하지만, 이 경우는 좀 달랐다. 운현이 그대로 저자를 치고 들어가면.

목이 꿰뚫린다.

운현의 망설임을 노인이 읽었다.

"내가 가랴?"

"얼마든."

"못 배워먹은 놈!"

무엇을 상상하든 그 이상!

노인이 빈틈없던 자세를 풀어 운현을 향해 다시 쏘아져 온다.

쒜엑—

'목? 아니 가슴이군.'

어딜 노리나 급소다. 상대는 일수, 일수에 살기를 담아 운현을 뚫어버리려 하고 있었다.

견제도 필요 없다는 듯이. 살기와 실전성. 딱 사파의 무공이다.

그럼에도 깊이가 담겨 있는 것이 부딪쳐서야.

'손해다.'

운현이 물러났다. 저 봉을 직접적으로 상대할 수는 없었다.

이 나이에 가질 수 없는 어마어마한 내공. 그것도 선천진기를 가지고도 물러날 줄이야.

운현으로서는 정말 상상도 못 할 상황이었다. 어디서 이런 고수가 숨어 있었던가 싶을 정도다.

"그렇게 도망만 쳐서야 어디 되겠느냐?"

"노년에 오래 살려면 운동 좀 해야 하지 않나? 생각을 해

줬더니…… 쯧."

운현이 노인의 말을 따라 비꼬자,

"입으로 싸우는구나!"

더 더해질 것이 없을 듯하던 봉에 살기가 더욱 어린다. 그
와 동시에 노인이 진각을 밟는다.

쿠웅!

그리곤 손을 한 번 튕기자.

―키이이이익!

강시가 알아들었다는 듯이 운현을 향해 다가오기 시작한
다.

전에는 노인과 운현이 맞붙을 만한 터를 만들어 준 형세
였다면, 이제는 달랐다.

운현이 더 도망가지 못하게 하도록 작게 만들어졌던 터마
저도 전부 둘러싸 막으려는 태세였다.

'진짜 수단 방법 가리지도 않는군.'

강시를 이용해서 더 뒤로 도망가지 못하게 만들려는 노인
의 생각이 바로 읽혔다.

이래서야 노인의 강맹한 공격을 피할 곳도 얼마 없지 않은
가.

손해를 봐도 어쩔 수 없이 상대를 해야 할 상황이다.

운현도 더는 피할 생각을 않고, 바로 자세를 잡았다.

스르릉—

강시에게 잘 먹혀오던 수(手)가 아니라, 검까지 빼어들었을 정도다. 허투루 상대할 자가 아니니, 그 어느 때보다도 진지한 표정을 짓는 운현.

그 표정에 만족스럽다는 듯 노인이 비웃음을 날린다.

"클클. 어린 놈 하나 잡도리 좀 해야겠구나."

"……."

"어디 그 입을 벌려 보지 그러냐?"

노인은 운현을 더 도발할 생각인 듯 입을 멈추질 않았다. 그럴수록 운현은 더 자세를 깊게 잡을 뿐이었다.

노인이 눈을 빛내며 운현의 빈틈을 찾기를 한참.

"놈! 그 버르장머리부터 고쳐 주마!"

광기 어린 미친 노인.

도무지 자기 멋대로이기만 한 노인이 운현을 향해 공기를 가르며 쏘아져 왔다.

미친 정신과는 다르게 아주 강한 내공을 흩뿌리면서!

＊　　　＊　　　＊

아주 잠깐. 찰나의 시간 눈으로는 운현을 바라본다.

'신의님……'

운현에게 잠시 눈길을 준 그 순간조차도 그녀의 손은 멈춤이 없었다.

한없이 복잡한 계산. 변화에 대한 대응. 그녀가 가진 진에 관한 지식.

삼박자가 쉼 없이 구현되었다. 너무도 빠른 손놀림에 흡사 새로운 무공을 사용하는가 싶을 정도다.

―키익.

'이런……'

그녀의 계산이 조금이라도 어긋나는 순간. 강시들은 바로 반응을 했다.

그 짧은 사이 수정을 하고, 다시 진의 판을 짜고. 단순 해진이 아닌 진의 변환이라는 최선의 결과를 만들겠다는 그녀의 싸움이 계속된다.

운현이 진기를 흩뿌리고, 노인의 강맹함을 상대했다면 제갈소화는 진의 복잡함이 상대였다.

그녀의 온몸이 땀으로 젖어 들어간 지 오래다.

지금까지 잘해 왔다. 보통 사람이었더라면 여기까지 오지도 못했다.

아니 시도도 못 했겠지.

여지껏 해낸 걸로도 그 누구도 그녀를 원망치 않을 거다. 그녀가 지금까지 이룬 성과는 그녀의 나이, 경험, 지식 그 모든 것을 초월한 수준이었으니까.

일이 어떻게 되든 운현이 노인만 물리쳐낸다면 그녀는 어떻게든 살아남을 수 있을 터.

운현이 그녀를 죽지 않게 할 것을 알고 있음에, 아직까지도 그 작은 터에 갇혀 있는 제갈민은 만족을 하고 눈을 감아줄 거다.

많은 강시들을 길동무 삼고서 가 주겠지.

'그렇게 만들 수는 없어.'

하지만 그건 최악의 상황이다. 모두가 죽고 둘만 살아남아서야 어찌 잘 해냈다 할 수 있겠는가.

게다가 잠시 일견한 것뿐이지만, 운현이 분명 밀리고 있었다. 미세한 차이지만 분명 노인의 무위가 우위다.

운현이 눈치를 챘을지 안 챘을지는 그녀로서도 모르지만, 옆에서 지켜보았기에 알 수 있는 바였다.

강호에서 여인, 노인, 어린아이를 조심하라는 말이 괜히 나온 것이 아님을 노인은 증명하고 있었다.

그러니 돕고 싶었다.

아니 믿고 싶었는지도 모른다.

노인의 무위는 지금 이곳 사한산에 있는 진의 힘을 받아 강해진 것이라고.

그녀가 진을 변환하기만 한다면 어떻게든 운현에게 도움

이 될 수 있을 거라 믿고 싶었다. 그게 설령 어리석은 상상일 지라도.

그런데,

'막혔다.'

끊임없이 해 왔던 진의 변환이 바로 마지막 단계에서 막혔다. 그녀의 손이 막혔다.

다른 생각을 해서? 집중을 하지 못해서?

그럴 리가!

그녀는 최선을 다하고 있었다.

지금 이 순간조차도 다른 수가 없나 끊임없이 계산을 하고 있을 정도다.

그럼에도 도무지 수가 생각이 나지 않았다. 아니, 스쳐 지나가는 생각은 있다.

하나는 그대로 진을 해진해 내는 것. 확률은 칠 할이다. 높은 확률.

진을 해진해 낸다면 제갈가 무사들의 싸움이 시작될 거다. 잠시 변환했던 터가 원래대로 돌아갈 테니까.

그러면 강시를 잘 상대할 수 있을까?

아니. 수가 너무 많다. 강시들이 더 약해져야 했다. 그게 최선이다.

하지만 다른 하나의 생각.

진을 변환할 수 있을 '지도' 모르는 다른 하나의 수. 그것의 성공 확률은 삼 할도 채 안 된다. 아니, 일 할이나 될까.

실패를 하면 진에 어떤 변화가 생길지 모를 확률이 구 할이다. 일 할의 아홉 배. 그것도 좋게 봐서다.

그래도 성공을 한다면, 많은 게 달라진다.

진이 잠시 역전되어 저 강시들을 약화시킬 수 있을시도 모른다.

강맹한 가운데 사이한 기운을 뿜어대는 노인의 무공을 약화시켜 운현을 도울 수도 있다.

성공만 한다면. 분명 성공을 해야만 그리 된다.

최악의 경우에는 상상하기도 싫은 상황이 벌어지게 된다. 어쩌면 진이 강시들을 더 강하게 할 수도 있다. 모두가 죽어버릴지 모른다.

모든 게 그녀의 손에 달려 있었다.

'어쩌지······.'

굵은 식은땀이 뚝하고 떨어져 그녀의 손에 묻었다.

선택해야 했다.

일 할도 안 되는 확률에 모든 것을 걸어야 할지. 그도 아니면 칠 할의 해진을 할 수 있는 확률에 걸지를.

'난······.'

스윽—

그녀가 손을 움직였다.

선택했다. 모든 것을 걸고서.

그녀가 할 수 있는 최선의 계산하에서. 아니 어쩌면 도박이라 할 수 있는 수 안에서 모든 것을 걸었다.

단 하나의 선택에!

第七章
선택의 결과

　제갈소화와 같이 박은 목침. 수백 개는 아니지만 족히 수십은 되는 목침들이 묘하게 흔들렸다.

　'되었는가.'

　한시도 목침으로부터 눈을 떼지 않던 제갈민이기에 착각이 아님을 알았다.

　기운이 변화했다.

　아니, 그는 운현처럼 기운으로 진을 느낄 수 는 없으니 진 그 자체가 변했다 말하는 게 더 맞다.

　진이 변화했음을 제갈민은 분명히 알았다. 멀리 있더라도, 자신의 딸아이가 무언가 해낸 것이다.

'어린아이인 줄로만 알았거늘⋯⋯.'

마지막은 살라고 보낸 것일진대. 무언가 해내었다. 언제까지나 제 품에만 있을 자식이라고 생각했던 아이가 어느덧 훌쩍 커서 해낸 것인가.

문제는, 이 다음.

'해진인 것이냐. 변환인 것이냐.'

그는 자신의 딸이 진의 변환이 아닌 해진을 택할 거라 믿었다.

제 품의 자식은 부모가 제일 잘 안다고 하지 않던가. 그래서 장담했다.

말괄량이라는 가면 아래에 숨겨진 소심함이 때때로 수면 위로 드러날 때가 있었으니까.

소심함이란 달리 말하면 세심함이라는 좋을 말이 되기도 하는 터.

그런 딸아이라면 진을 변환하는 것보다는 해진을 택할 확률이 높았다. 그것이 비록 최선의 결과는 아닐지라도 비교적 안전한 차선을 선택할 테니까.

차선을 만들어 준 것만 해도 어디겠는가.

딸아이가 차선을 만들어내면 어떻게든 살아남아 딸아이에게로 다시 돌아간다. 그것이 아비로서의 의무다.

하지만.

"당주님!"

"좋은 상태는 아닌 것 같습니다."

다급히 부르는 제갈 무사들의 말에 그의 굵은 눈썹이 꿈틀거린다.

"확실히 좋지 않구나."

툭. 투두둑. 툭.

그의 눈앞에 자리한 목침들이 금이 간다. 깨어져 가고 있다. 일부는 벌써 쓰러졌을 정도다.

그럼에도 진은 분명 진대로 발동이 되고 있으니 해진은 된 게 아니었다.

진을 변환하라 말은 하며 보냈지만, 차선을 선택할 거라 여겼던 딸은 차선인 진의 해진에 실패했다.

'차선도 실패한 것이더냐. 허허…… 운이 여기까지인가.'

아무래도 저승길 길동무로 강시를 삼키고 가야 할 터인 듯했다.

"검을 잡아라. 마지막은…… 그래. 신기건곤진이 좋겠구나."

"제 능력을 발휘하기 힘들 겁니다."

신기건곤(神機乾坤)진.

신기제갈(神機諸葛)이라 하며 이름이 드높은 제갈가에서 감히 신기라는 이름을 가져다 붙인 진.

그만큼 그들을 대표하는 진들 중에 하나며, 스물이 조금 넘는 그들로서도 충분히 펼칠 수 있는 진이기도 하다.

안을 맡은 자들로부터 뻗어 나오는 장법과 바깥 열을 맡은 자들이 펼치는 검법의 조화.

검법과 장법의 조화로 음양인 건곤(乾坤)을 표현해 낸 진의 백미!

다른 무가도 아닌 제갈가이기에 보일 수 있는 신기건곤진이나 문제는 그 특징.

제갈 무사들의 진에 관한 높은 이해도를 통해서 만들어 낸 신기건곤진은 다른 진과 부딪칠 때 위력이 반감된다.

특히나 다른 진의 안에서는 더더욱!

유리하지 못한 전장에서 위력이 감쇄된다는 이야기.

다른 진도 아니고 자연진 안에서 과연 대단한 위력을 보일 수 있을까?

자연진이 도와주고 있는 강시들의 힘에 진의 힘을 보여줄 수 있겠는가?

힘들다. 아니, 불가능에 가깝다.

특히나 힘의 압살을 통해서 깨부숴야 하는 강시들을 상대로는 더더욱!

제대로 된 위력을 보이기 시작하면 모를까. 어쩌면 신기건곤진 자체가 가장 악수가 될 수도 있었다.

그럼에도 신기건곤진을 펼쳐낸다는 것은 그 외에는 달리 수가 없다고 판단할 걸지도 몰랐다.

"알고 있다. 허나 마지막까지 제갈가다운 게 좋지 않겠더냐?"

"당주님."

평소 인자한 모습이 아닌 다른 의견은 받지도 않겠다는 듯 제갈민의 눈은 굳건했다.

제갈가 무사로서 죽으려는 게다.

제갈소화의 아버지로서 자애로움을 가지고 죽자는 게 아닌, 강시들과 함께 폭사하여 죽자는 거다.

딸아이의 실패와 함께.

제갈민의 눈빛을 받아낸 다른 제갈 무사들도 그 뜻을 눈치챘다.

그 눈빛의 뜻을 읽어 들인 제갈가 무사들의 눈빛이 같이 빛나기 시작한다. 죽은 눈이 아니었다. 살아 있는 눈이었다. 분명히.

그 누구보다 반짝였다.

"바로 움직이겠습니다."

"저 강시는 다 잡고 가야 하지 않겠습니까?"

"물론!"

"그럼 된 겁니다."

더 무슨 말이 필요하랴.

남들은 무보다는 지로 움직인다 말하고.

또 누군가는 제갈가는 무인이기보다는 지략가로 무가가 아니라고도 말한다.

그렇기에 제갈가 무사들은 가슴보다는 머리로 움직인다며 조롱을 한다. 진정한 무인이 아니라고.

하지만 지금 이 순간 이곳에 있는 제갈가들은 적어도 누군가에게 조롱을 들을 자들이 아니었다.

죽음. 아니 옥쇄(玉碎)를 각오한 자들의 눈빛이다.

이자들을 누가 무인이 아니라 말하랴.

"중심에는 내가 서지."

"부탁드리겠습니다."

진의 중심.

가장 많은 압력을 받을 곳.

ㅡ키이이이익!

가장 먼저 강시들이 달려들 그곳에 제갈민이 우직하니 섰다.

스르릉ㅡ

한때 이름을 드높이던 전대 제갈가의 가주가 주었던 검을 정돈된 손길로 뽑아들어 자세를 잡는다.

학자같이, 또한 무사처럼.

제갈가의 무사다움으로 눈은 앞을 계산하고, 가슴으로는 검을 곧추세워 이곳에 남은 모든 제갈 무사들의 중심이 된다.

우뚝.

마지막 남아 있던 땅에 박힌 목침이 금이 가다 못해 으깨어진다.

제갈민이 더 계산하여 유지하기를 그만두니 목침도 수가 없이 그대로 무너진 것이다.

운현이 있었더라면 순식간에 변화되는 기운에 몸을 떨었을지도 몰랐다.

온갖 기운들이 휘몰아치기 시작했으니까!

—키이이익!

—키익!

강시들.

제갈가 무사들을 잡아먹기 위해 대기하고 있던 강시들이 바로 제갈가 무사들을 향해 달려들기 시작한다.

강시들을 향해 맞선다.

그 누구보다 용감하게. 한 줌 물러섬 없이. 제갈 무사답게.

"와라!"

—키이이익!

그 순간!

사한산의 모든 게 변화했다.

＊　　　＊　　　＊

노인은 한결같이 운현을 밀어냈다.

그의 봉술은 매서운 정도가 아니라 맹렬함 그 자체였다.

천하의 운현으로서도 밀리고 또 밀렸으니 오죽하랴.

노인이 무림에서 이름을 드높였더라면 무림 최고수 중에

한 자리는 차지했을 거다.

―키이이익!

거기다 쉽게 상대하던 강시도 문제가 되었다.

무공은 몰라도 본능은 살아 있는지, 운현이 다가올 때면

썩은 팔을 쉴 없이 휘둘러댔다.

노인만 없었더라면 쉽게 쪼개 버릴 강시다. 하지만 후방에

서의 공격은 역시 신경이 안 쓰일 수 없었다.

'힘들군.'

기운을 읽을 줄 몰랐더라면 어찌됐을지 아찔하기만 하다.

이대로 계속해서 밀려서야 그때는 어찌 될지 모를 상황.

노인이 휘두르는 매서운 봉에 운현의 머리가 으깨질 수도 있

는 노릇이었다.

그런데 그 순간.

'바뀌었어?'

운현이 가장 먼저 바뀐 것을 느꼈다. 제갈가의 무사들보다도 더 빠른 속도였다.

진이 변화했다.

순간, 운현과 노인 모두 제갈소화를 바라봤다. 변화의 중심은 그녀니 신경이 쓰일 수밖에.

"계집!"

진정 분노한 듯 크게 소리를 내지르는 노인!

그게 허점이 되었을까. 아니면 제갈소화의 바람대로 진이 노인에게 힘을 나눠주기라도 하고 있었던 걸까.

어느 쪽이든 운현에게 좋게 작용했다.

'찌른다.'

운현의 손에서 밀리기만 하던 검이 살짝 위로 쳐들렸다.

강시들이 주춤거리고 있었다. 노인의 시선이 다시 운현을 향한다. 노인의 눈에 순간의 후회가 보인다.

잠시 가진 방심은 치명적이었다.

"······크읏."

운현의 검이 노인의 복부를 찔렀다. 명치의 바로 아래. 치명적일 수밖에 없는 공간이 찔렸다.

'제길.'

하지만 운현은 만족할 수 없었다. 얕다. 심장이 찔렸어야
했다.

그 잠깐의 순간에도 노인은 몸을 비틀어 명치 아래를 찌
르도록 만들었다.

치명적인 상처이지만, 목숨을 잃는 것보다는 훨씬 나은
상처다.

"노옴!"

노인은 배에 검을 박아 놓은 채로 운현에게 봉을 휘두르
거나 하지는 않았다. 봉이 검보다 기니, 짧은 공간에서 자신
이 밀린다는 사실을 아는 것이다.

대신.

쿠웅—

땅에 다시금 진각을 박으며 뒤로 물러섰다.

"클……."

뽑혀 나오는 검에 내장 따위는 함께 나오지 않았다. 그러
기엔 운현의 검이 너무 매끈했다.

대신 피가 쏟아져 나왔다. 죽은 피가 아니라 선명한 산 피
가 흩뿌려졌다.

덕분일까.

—키이이익!

—키익!

강시들이 더 괴성을 질렀다. 산 자에 대한 증오가 폭발하듯 잔뜩 흥분한 게 보였다.

그리곤 운현을 향해서 쏘아져 왔다.

광자(狂者) 그 자체가 되어서!

'뭐 하나 쉬운 게 없군.'

운현이라고 강시를 무시할 수는 없는 터. 그 강시 하나를 상대하는 잠깐의 한 수, 그게 노인을 살렸다.

'육시랄 놈. 제 놈이…… 크.'

연륜만큼 경험도 많았는지, 그 사이에도 노인은 주춤거림이 없었다.

경험이 그를 살렸다. 노인은 가슴 언저리의 혈들을 찍어댔다. 급하게나마 지혈을 해냈다. 뿜어져 나오던 피가 멈췄다.

그래도 그 사이 흘린 피가 타격은 준 건지, 노인의 혈색은 전보다도 더 안 좋아졌다.

전에는 다 죽어가는 자라면, 이제는 아예 죽은 자처럼 보이는 상황이었다.

진의 도움을 받아 한결같이 운현을 밀어내던 노인으로서는 너무도 뼈아픈 상처였다.

'어디서 저런 놈이 나와서…….'

제갈가 무사들만 신경을 쓰면 될 줄 알았더니, 이놈이 가장 큰 문제였다.

인피면구로 가려진 덕분에 운현이 신의인 줄을 아직도 파악하지 못한 노인이다.

상황상 혹시나 하고 짐작을 하고는 있기는 하다. 다른 이는 몰라도 노회한 노인은 운현의 얼굴이 뭔가 이상함을 가장 옆에서 싸우면서 느껴왔다.

그래도 확신은 못 했다. 세상사 자신이 생각한 대로 돌아가지는 않음을 알 만큼 나이를 먹었으니까.

그러니 노인의 마음이 무거울 수밖에 없었다.

신의 하나만으로도 벅찬데, 이놈마저 새로 나와서야 조직에 너무 큰 문제가 된다.

노인이 바라는 바는 그저.

'놈이 신의겠지. 괴물이 둘일 리는 없어.'

자신이 생각하는 바대로 눈앞의 괴놈이 신의이기를 바랄 뿐이었다. 그렇기에 선택을 해야 했다.

뒤를 보고자 도망을 치든가.

그도 안 되면 혹시나 하고 준비했던 마지막의 한 수를 사용하는 수밖에는 또 없었다. 그게 먹힐지는.

'장담이 안 돼. 흠…… 마지막 한 수를 장담을 못 한다라? 우습군.'

늙어서 얻는 건 연륜이랄 것밖에 없는데, 그 연륜으로도 계산이 안 섰다. 자신의 선택이 맞는지 아닌지가.

얼마 전까지만 해도 제갈소화가 했던 고민과 같은 양자택일을 해야 할 상황일진대, 생각할 게 너무 많았다.

그때. 노인의 결심을 굳게 하는 자들이 모습을 드러냈다.

"소화야!"

제갈가의 무사. 확실히 처리했다고 생각했던 제갈가 무사들이 모습을 드러내기 시작했다.

그들은 한결같이 초췌하며 몸에 피를 잔뜩 묻히고는 있지만, 적어도 스물은 돼 보였다.

빼어들고 있는 검에 묻은 검은 피는 강시들의 피일 터.

진의 효과로 잘도 제갈가 무사들을 잡아내는가 했더니, 저렇게 살아 올 줄이야.

"아버지!"

"소화야! 성공했구나!"

망할 제갈가의 계집년은 뭐가 좋은지 눈에 화색이 돈다. 제 놈의 아비가 살아 왔으니 그런 것이겠지.

부녀의 재회.

아름다울 장면이지만 노인으로서는 마음에 들 수 없는 장면이었다.

'무덤을 만들어 주려 했더니. 내 무덤인가. 클…… 오래

살기는 했지.'

광망 어리던 노인의 눈빛이 죽었다. 살아도 산 자의 눈이
아니다.

갈 때 가더라도 최대한 많이 데려가야 하지 않겠는가.

그도 아니면 바로 눈앞에서 나이에 안 맞는 무위를 보이
는 저놈이라도 잡아 가야 했다.

저승길 길동무로 앞날이 창창한 놈이라도 데려간다면 그
만한 노잣돈도 또 없지 않겠는가.

젊은이에게 미래를 양보하기보다는, 죽은 미래를 주는 게
그 성격에 맞았다.

짧은 사이 많은 것을 계산해 낸 노인이 다시 살아 움직이
기 시작했다.

"노오오옴!"

콰아앙—

노인이 다시 진각을 밟고서는 뒤로 몸을 빼기 시작했다!

바로 운현에게 달려들 거라 했던 노인의 생각과는 전혀
반대의 방향. 운현과 가까워지기는커녕 되려 멀어졌다.

강맹했던 만큼 그 움직임이 워낙 표홀하여 한 가지 생각
밖에 들 수 없을 정도였다.

'도망인가.'

운현은 분명 그리 생각했다.

제갈가 무사들이 나왔고, 강시들은 약해졌다.

강시들에 둘러싸인 제갈소화가 문제기는 하지만 당장 제
갈가 무사들이 구해줄 게 뻔할 터.

노인만 잡으면 되는 상황에 노인이 뒤로 뺀다면 도망밖에
는 생각할 수 없었다.

그래서 운현 또한 진각을 크게 밟고선 노인을 향해 쏘아
져 나갔다.

―키이이익!

―키익!

뒤에서 휘둘러지는 강시들의 손. 저 손에 닿으면 운현이라
해도 피해가 있을 수밖에 없다.

하지만 그 정도야 감수를 하고 노인을 바로 잡을 생각이
었다.

많은 비밀을 간직한 노인을 지금 잡지 못해서야, 지금까
지의 모든 노력이 허사다.

얼마 떨어지지 않은 곳.

시체들의 산.

터억.

그곳에 노인의 발이 다시금 박혀든다.

콰즈즈즈즈즈즉―

시체가 으깨지고 또 으깨져 괴음을 낸다.

노인이 휘두르던 봉이 시체들의 산에 박혀들어 가면서 나는 소리다.

일 장이 넘는 시체의 산에 박혀드는 노인의 봉은 막힘이 전혀 없었다.

본래부터 그런 용도로 쓰이기로 약속이라도 돼 있던 것인가!

콰즉!

콰아아아앙—

땅에 박혀 들어서는 큰 굉음을 내기 시작한다. 단순히 봉 하나가 박혀들었다고 해서 날 만한 소리가 아니었다.

"클클……. 아해야, 저승에서 보자꾸나."

노인은 그제서야 만족스럽다는 표정이었다. 자신이 할 일을 모두 다했다는 듯 누런 이를 드러내서 시리도록 빛나게 웃어댔다.

"다 함께 가자."

"무슨……."

무언가 이상했다. 마주 따라가던 운현의 몸이 멈췄다. 무언가 이상했다. 꺼림칙하다.

'뭔 미친 짓이야.'

애병을 버릴 줄이야.

만족스럽게 웃어? 미친 건가? 뒤늦게서야 노망이라도 들었느냔 말이다.

운현은 노인이 하고자 하는 바를 이해하지 못 했다.

아니 이해를 할 수 없었다. 언제나 그들은 상식 밖이었으니까.

그래도 익숙한 것은 있었다.

다만 익숙한 것이라고는 좋은 건 아니었다.

죽음을 각오한 자의 눈빛을 노인이 하고 있다는 게 익숙했다. 젊은이보다도 더 빛났던 노인의 눈이 검게 죽었다는 사실이 익숙하다니.

좋을 것 하나 없다.

죽은 자의 눈빛이 좋은 세상이 존재할 리 없지 않은가.

"미친!"

그 순간 운현은 무언가의 기운을 감지했다.

뒤늦었을지 모르지만 확실히 느꼈다.

땅 밑에서부터 무언가가 튀어 올라오고 있었다. 저 아래에서부터 노인이 준비한 마지막 수가 위로 올라오고 있었다!

빠르게!

애병을 잃어버리고도 웃어대는 노인을 그대로 두고 뒤로 물러나는 쪽은 운현이었다.

이대로 있을 수가 없었다. 느낀 게 있었다.

운현의 몸이 빠르게 시체의 산 아래로 쏟아진다.

그 뒤에 기다렸다는 듯이.

콰아아아앙─

그 어느 때보다 긴 폭음이 운현의 귀에 들렸다. 흡사 이곳 전체를 무너트리기라도 할 듯한 기세의 폭음이었다.

너무도 거대한 폭음에 내공의 보호를 받고 있는 귀마저도 멍해질 정도였다.

그나마 고막을 터지지 않게 보호하는 게 최선일 정도다.

"크으……."

폭음과 함께 으깨졌던 시체덩어리 하나가 운현의 등을 강타한다. 그 뒤로 이어져 오는 열기는 무언가 폭발했음을 분명히 말해 줬다.

폭약이든 진이든 무슨 수를 써서라도 운현을 가두려 하는 게 분명했다. 뒤가 보이지 않지만 심상찮았다.

느껴지는 기운이 보통이 아니었다.

압박감이 컸다.

일단은 이 미친 상황에서 빠져나가야 뭐라도 도모를 할 수 있을 게 당연했다.

상황 파악은 조금이라도 더 경공을 펼친 뒤에 하는 것이 슬기로울 터였다. 그건 분명한 진리다.

하지만,

"아아악!"

저 비명은 뭐란 말인가.

젠장.

제갈소화의 비명이 들린 그곳.

아주 짧은 순간임에도 모든 게 일목요연하게 보였다.

파괴된 목침. 이 미친 상황에도 산 자에 대한 증오로 달려
드는 강시.

자신이 준비한 수가 먹히지 않음에 당황하는 그녀!

모든 상황이 좋지 못했다. 그 동안에 진을 변환하고, 애써
몸을 보하느라 모든 힘이 다 빠졌겠지.

운현은 용케 빠져나갈 수 있을지 몰라도, 그녀에게는 위
기였다. 아니 죽을지도 몰랐다.

뒤에서 오는 굉음의 정체가 무엇인지는 몰라도 좋은 건
아닐 테니까!

그녀를 무시하랴?

애시당초 운현의 선택지에 그런 선택지가 있을 리가 만무
하잖은가.

그런 운현이었더라면 여기까지 오지도 않았을 거다. 모두
를 살리려고도 하지 않았겠지.

그러니 앞으로 도망갈 수가 없었다.

"제갈 소저!"

자신의 뜻을 알아듣기를 바라면서 달려드는 수밖에!

그녀에게로 운현의 몸이 쏘아져 나갔다.

第八章
구사일생

　굉음의 원인은 폭발이 주가 아니었다.

　폭음이 없는 건 아니었지만, 폭발이 주라기보다는 지형 자체가 변화해 버렸다. 본래의 사한산의 모습으로 돌아가듯이. 땅이 무너져 내리고, 그와 함께 제갈소화와 운현의 모습 또한 사라져 버렸다.

　그 장면을 가장 뚜렷하게 목격한 자는 제갈민. 그리고 제갈가의 무사들이다.

　그리 멀지도 가깝지도 않은 거리에서, 상황을 마주한 그들은 눈앞에서 벌어진 상황에 망연자실할 수밖에 없었다.

　"소화야! 소화!"

가장 먼저 정신을 차린 건 제갈민이다. 부정이 그를 일깨웠을지도 모른다.

그가 땅을 파헤쳤다. 이미 뭉개어져 버렸을지도 모른다는 것을 머리로는 알고 있음에도 손은 멈출 줄을 몰랐다.

꼭 그래야만 한다는 듯이 그는 끊임없이 손을 움직였다.

앞뒤를 재지 않는 움직임에, 무를 익혀 두꺼운 그의 손도 금세 피가 나려 하고 있었다.

부정이다.

그런 그를 잡아채는 손길이 있었다.

"당주님!"

"놔라! 놓으래도!"

제갈가 무사다. 그들은 걱정스러운 눈빛으로 제갈당주를 바라보고 있었다.

자신들이 존경하는 제갈민의 충격을 짐작하고 있기에, 더욱 걱정하는 것일지도 모른다.

"당주님! 이렇게 해서는 절대 찾을 수 없습니다. 아시잖습니까?"

"그럼 어찌 하느냐 말이다."

"제갈가 식으로 움직여야지요. 하나씩. 하나씩."

"그게 되겠느냐!"

이성.

오직 이성 아래에서 행동할 것.

이성이 최고이며, 무는 그다음으로 둘 것.

때로 순수한 무인처럼 행동할 때도 있지만, 그들의 근본은 제갈가. 차가운 이성 아래에 흐르는 게 제갈가의 피다.

그러니 제갈가의 방식이라는 건.

"주변부터 살피지요."

"저는 일단 지형부터 읽어보도록 하겠습니다."

"바로 보고부터 올리겠습니다. 인력을 찾아야지요."

억지로 땅을 파헤치는 방식은 절대 아니었다.

주변을 살피고, 적의 목적을 알아내며 동시에 이 일에 도움이 될 자를 찾아야 했다. 제갈가의 힘을 모두 이용해서라도.

그것이 한 사람의 손길로 땅을 파헤치는 것보다는 훨씬 합리적이며 이성적이다. 또한 제갈가 무사로서는 당연히.

"……알겠다."

해야 할 일이었다. 아무리 딸아이의 생사를 당장에는 모른다고 하더라도 그리해야 하는 게 맞았다.

제갈가의 지원당주로서 모범을 보이기 위해서라도 그리해야 했다. 속에서 열불이 아무리 나더라도 그게 그를 휘감는 족쇄다.

그는 그리 행동하도록 교육받았고 그리 살아왔다. 땅을

파헤치던 손은 이성을 잃어 짐승처럼 움직이는 행위일 뿐.

차가운 머리로는 분명 그것을 알고 있음에도,

"소화야……."

땅을 다 뒤집으려는 듯 파헤치던 손길은 멈춘 지 오래임에도, 그는 그 자리에서 떠날 수가 없었다.

부정이란 것이 그를 움직이지 못하게 만들었다. 그저 하염없이 앞을 바라볼 뿐이었다.

딸을 집어삼켰던 그곳을.

"……."

다른 제갈가 무사들도 그것을 알기에, 그저 조용히 제 할 일을 할 뿐이었다.

제갈민을 대신하여 제갈소화를 찾기 위해서.

또한 그녀를 구하기 위해서 몸을 던졌음이 분명한 신의를 찾기 위해.

그게 그들이 제갈가의 무사로서 할 수 있는 최선이었다.

*　　　*　　　*

"으으…… 으음……."

온몸에서 격한 통증이 느껴진다. 사정없는 몰매를 맞으면 이런 통증이 느껴질 거다.

'……산 건가. 다행이군.'

육체는 고통스러워도 상황을 파악할 정신은 있었다.

그의 기억대로라면 지형이 무너지기 전 그는 제갈소화를 잡아챘고, 닥치는 대로 기운을 읽어댔다.

눈으로는 주변을 살폈다. 갑작스럽게 변하는 지형. 예측하지 못한 상황에서 튀어나오는 돌부리.

그 와중에서도 덤벼대는 강시들까지.

할 수 있는 모든 것들을 최대한 살폈다. 그 와중에서도 어렵사리 생로를 찾아 댔다.

차라리 진에 갇혀 있었더라면 찾아내지 못할 생로(生路)였겠지만, 진 안에 있는 것이 아니기에 찾아낼 수 있었다.

거의 찰나의 순간 피하고, 읽고, 찾아냈다.

그 가운데에서 해낸 일들이 이리도 많았던 것은 평생에 처음이었을 거다.

'두 번은 무리겠지.'

앞으로 다시는 하고 싶지 않은 경험이다. 천운이 닿았다.

그는 상황을 파악하자마자 회복에는 무엇보다 효과를 보이는 선천진기를 이용해 온몸에 진기를 두루 돌렸다.

"후우……."

온몸에서 느껴지던 격한 고통이 한결 가셨다. 그동안의 모든 피로가 씻어나가는 기분이다.

그가 눈을 떴다.

'어둡군.'

빛이 거의 없다. 그나마 빛이 느껴지는 이유.

'야명주?'

작지만 야명주가 있었다. 그가 야명주를 따로 챙기고 다니지는 않았으니, 그의 것은 아니다.

바로 그의 옆에 있는 그녀. 제갈소화의 것이다.

그런데.

'기운이!'

운현의 눈이 부릅떠진다. 놀람의 눈빛이다.

고통이 가신 몸을 이끌고 운현이 급히 제갈소화에게로 몸을 움직였다.

"이런……."

느껴지는 기운이 너무 미약했다. 그나마 강맹한 기운이 느껴지는 곳은 제대로 된 곳이 아니었다.

인위적으로 움직이지 않는 한은, 단전에서 꿈틀거려야 할 진기들이 날뛰고 있었다.

이유는 모르지만 내상을 입은 게 분명하다.

하기는 운현이 나름으로 분투하는 동안 그녀도 나름대로 분투했다. 서로 하는 행위가 달랐을 뿐이지 둘 모두 쉽지는 않았다.

그러니 그녀가 자신의 기운을 다스리지 못하는 것도 이해는 갔다.

　그녀가 아니라 누구라도 그랬을 거다. 그처럼 기운에 대한 깨달음이 있어야만 그나마 버틸 수 있었을 테니.

　'치료해야 해.'

　어떻게 치료를 해야 하나.

　평소라면 심각하게까지 여길 내상은 아니지만, 지금 당장에는 심각했다.

　그가 가장 자신 있어 하는 건 약학.

　그의 진기를 불어넣는 약이라면 치료를 하고도 남을 터. 그의 형처럼 오히려 내공이 늘 수도 있다.

　하지만 약이 없다.

　그나마 외상은 치료할 수 있었다. 금창약을 발라주는 것으로 최선을 찾았다.

　다행히 미리 만들어 둔 것이 있어서 생채기 정도야 금세 치료가 될 거다. 언제나 그래 왔으니까.

　내상약은 아쉽게도 없다.

　약학이 안 되니, 그 다음에는 내가중수법. 하지만,

　'나도 내공이 충분치 않다.'

　진기를 돌려서 몸의 고통을 격감시킨 게 괜한 일이었나 싶을 정도다.

남은 내공으로 자기부터 치료하기보다는 제갈소화의 상태부터 살폈어야 했다. 후회스럽다.

찰나의 순간이지만 많은 걸 생각한 운현.

남은 방법은 단 하나임을 결국 그도 인정할 수밖에 없었다.

'침술.'

운현의 입에서 한숨이 비어져 나온다.

결국에 모든 것이 하나로 통하는 만류귀종이라지만, 아직 그는 감히 만류귀종이라 말할 만큼의 경지가 못 됐다.

신의라 불려도 침술의 수준은 그리 높지 않다.

높게 쳐줘 봐야 보통 의원이랑 많이 다를 게 없다. 그래서 한의학 하면 침술이라는 말도 있음에도 침술을 피해 왔다.

잘할 수 있는 걸 더 잘하게 되면 모든 걸 해결할 수 있다 여긴 거다.

'제길…….'

안일했다.

그래도 해 볼 수밖에 없지 않은가. 비록 도박이 될 수 있다고 할지라도 모든 걸 걸어 볼 따름이다.

"이거 하나 믿어야 하나."

지잉—

기침(氣針).

수기를 활용하여 그가 할 수 있는 재주가 어두운 흙 터 아래에서 모습을 드러낸다.

'해 보자.'

식은땀이 한 방울 툭하고 떨어짐과 동시에.

푸욱—

운현이 제갈소화의 혈에 침을 박아 넣었다.

*　　*　　*

"으음……."

운현이 살리고자 한 그녀가 눈을 떴다.

그걸 그는 보지 못했다. 모든 심력을 소모하고, 진기까지 다 사용한 터라 탈진해 버렸기에 볼 수가 없었다.

잠시지만 그가 정신을 잃은 사이 눈을 뜬 거다.

"어맛……."

상황 파악보다도 먼저 그녀의 머리를 가득 채운 건 부끄러움이다.

어쩐지 한기가 느껴지는 것이 뭔가 이상하다 싶기는 했지만, 토굴 같은 곳에 있으니 그런 거라 여겼다.

그런데 아니었다.

자신이 서늘함을 느끼고 있는 이유는 다름 아닌 자신의

의복 때문. 어쩐 일인지는 몰라도 자신을 감싸고 있어야 할 의복이 거의 헐벗은 상태로 변해 있었다.

'대체……'

자신이 눈을 감고 있는 사이 신의가 음욕이라도 채웠단 말인가? 그럴 리가.

흔적이 없다. 손목에 있는 처녀성이 사라지면 사라질 표식도 그대로다.

'아니네.'

묘한 아쉬움이 드는 게 웬일인가 싶지만, 다행히도 신의는 자신을 상대로 음욕을 채우거나 하지는 않았다.

하기야 그는 그럴 사람이 아니다. 그럴 사람이었더라면 자신이 반하지도 않았을 거다.

어떤 이유가 있겠지. 이유는 들어보면 될 일이다.

"……"

샤라락— 샤락.

그녀가 최대한 조심스럽게 옷을 입기 시작한 그 순간.

"으음. 제갈 소저?"

확실히 깨어나지는 못한 듯 머리를 움켜잡은 그가 조심스레 옷을 입던 그녀와 눈을 마주쳤다.

"아앗!"

"엇!"

둘 모두 바보같이 놀랄 수밖에 없었다.

때로는 전라보다도 반라(半裸)가 더 강한 색기를 흘리기도 하지 않는가.

마저 의복을 챙겨 입지 못한 그녀는 반라인 상태로 전라보다도 더 강한 색기를 흘리고 있었다.

그러니 눈이 마주치자마자 놀랄 수밖에.

"미, 미안합니다."

운현이 급히 고개를 돌린다.

이미 다 봤을 거면서!

"그, 금방이면 돼요!"

그녀도 당황해서는 빠르게 옷을 입기 시작했다. 그가 깨어나지 않게 조심할 필요도 없기에 그녀의 손길은 그 어느 때보다 다급했다.

금쪽같은 시간이 순식간에 흘러 지나가고.

"……다 됐어요."

얼굴이 잔뜩 새빨개진 그녀가 운현을 향해서 조심스레 말했다.

"커흠. 저 얼마 안 봤습니다."

얼마 안 보기는. 말도 안 되는 소리다. 그가 아니라면 누가 자신의 의복을 그리 만들었겠는가. 무슨 이유에서든 이미다 봤을 거다.

괜히 장난기가 돈 그녀다.

"이미 다 보셨잖아요?"

"그건……."

"그건요?"

"치료를 위해서…… 커흠."

치료를 위해서였기는 하지만 괜히 민망해지는 운현이다. 괜스레 찔리기도 하고!

분명 자신이 지은 죄가 없는데, 그녀의 반라를 봐서인지 그녀에게 말려드는 느낌이다.

"치료. 치료요오? 제가 총관으로 있을 때도 의원님은 약을 먼저 쓰잖아요?"

"그게 상황이 상황인지라……."

"몰래 보려고 그런 건 아니시구요? 후후."

"아닙니다!"

손사래를 크게 치는 운현.

이 녀석. 나중에 혼인을 하게 된다면 잡혀 사는 건 확정이다.

*　　　*　　　*

"꽉 막혀 있네요. 어딜 봐도요."

살펴보는 데 긴 시간이 걸리지는 않았다. 무언가를 막기 위해 만들어진 게 확실한 듯 사방이 꽉 막혀 있었다.

지금 그들이 있는 공간마저도 운이 좋아 생성된 게 아닌가 싶을 정도다.

'어쩌나…… 이대로 갇혀 살 수도 없고. 빠져나갈 수나 있나?'

하지만 제갈소화의 생각은 전혀 다른 듯했다.

"인위적인 곳이에요. 분명 길이 있을 거고요."

"길이요?"

"없을 수가 없어요. 사방이 막혀 있기는 해도…… 이건 틀림없어요."

"왜죠?"

이렇게 막아놨는데 어찌 길이 있다는 말인가.

"자연진이란 게 그래요. 아까 시체를 쌓아 놓은 건 일종의 상징이고. 그 아래에서 폭발하듯 올라왔잖아요? 폭음과 함께요."

"그렇죠."

아찔한 경험이었다. 그걸 잊을 리가 없지 않은가. 바로 얼마 전의 경험이기도 했다.

"거기에 답이 있어요. 이곳은 인위적으로 만들어진 공간이에요. 이를테면······."

그녀가 야명주에 의지해서 주변을 살피기 시작한다. 운현이 살피는 동안 어찌 참았는지 꽤나 분주하게 움직였다.

그리곤 손을 벽에 마주해서 이곳저곳을 뒤지더니.

딸각—

숨겨져 있던 무언가를 찾아냈다.

"바로 이것처럼 자연진을 위해서 만들어진 무언가를 숨긴 곳이죠. 이게 답이에요."

"호오······."

모습을 드러낸 것은 매우 작은 직경의 공간이었다. 그 안에 제갈소화가 사용했던 것과 비슷한 목침들이 빼곡히 박혀 있었다.

각각의 목침마다 의미하는 게 다른 듯 각기 다른 한자들이 적혀 있었고, 또한.

'불규칙한 듯 규칙이 있는 느낌이군. 거기다 기운도 흘러.'

자연진의 숨겨진 중심이었다는 걸 증명이라도 하듯 기운이 흘러 댔다.

분명 제갈소화의 힘으로 자연진을 변환시켰음에도, 여기까지는 그 변환이 먹혀들지 않았는가 싶을 정도다.

생각지도 못한 공간을 찾은 느낌이다.

"재밌는 곳이군요."

"예에. 상황만 이러지 않았더라면 한참을 두고 연구했을 거예요. 분명히요."

자연진은 진을 공부하는 자에게는 보물과도 같다고 했으니 분명 그랬을 거다.

때때로 보이는 활발한 모습 아래에 가려져 있지만, 그녀는 제갈가의 여식이니까. 지식으로의 탐구를 소홀히 하지 않을 거다.

"그래도 아쉽겠지만……."

"역시 부숴야겠죠."

"예. 그래야 겨우 빠져나갈 수 있을까 싶으니까요. 잠시만 시간을 주시겠어요?"

"얼마면 되겠습니까?"

"마지막으로 한 번만 분석을 하구요. 부술 때 부수더라도 제대로 안 하면 위험할 수도 있거든요."

"그럼 부탁드리죠."

그녀가 다시 움직이기 시작했다.

헌데 운현은 알까. 어서 이곳을 벗어나야 한다는 것에 그녀가 작은 아쉬움을 가지고 있다는 걸.

第九章
도달하다

산중 한가운데.

변환된 진의 도움을 받아서 남은 강시들을 처리한 제갈가 무사들이다.

대다수의 강시를 운현이 처리하고, 폭음에 강시가 같이 빨려나가지 않았더라면 그들로서도 잠시 후퇴를 해야 했을지도 몰랐다.

제갈민으로서는 참으로 다행인 상황.

"음?"

그 일이 있은 후로 사한산에서 망부석이라도 된 듯 머무르고 있는 그다.

제갈가 무사들이 애써 임시거처라도 마련해 줘서 다행이지, 그렇지 않았다면 그는 맨몸으로라도 이곳에 터를 잡고 머물렀을 게다.

그런 그의 귀가 갑작스레 쫑긋거렸다.

겨우 사람들을 모아 회의를 거치던 그의 집중력이 깨지기라도 한 것인가.

"당주님?"

"무슨 일이십니까?"

사람들이 뭔가 이상하다 싶었는지 제갈민에게 물어 왔다.

그들도 본능적으로 무언가가 일어나고 있음을 느낀 것이다. 그런데 그때.

쿠우우웅—

갑작스러운 굉음!

'또 무슨 일이란 말인가?'

사람들을 모아서 어떻게든 방법을 마련하려던 제갈민으로서는 이보다 더 가슴 떨리는 소리도 없을 게다.

이틀 만에 현에서 유명하다는 자들을 찾아내고, 산의 산세를 읽을 자를 찾고 움직인 그이지 않은가.

거기에 더해서 세가에 사람도 보내고, 서신도 작성했다.

어서 빨리 움직여 달라고.

처음 망연자실하게 앉아 있던 그치고는 굉장히 빠른 속도로 움직였다.

제갈가의 지원당주다운 움직임. 그렇게 모아진 사람들을 데리고서 또 열심히 움직였다. 제갈소화를 찾기 위해서다.

죽었다면 시체라도 건지려고 굳은 마음을 먹고 움직였다.

그런 그로서도 또다시 예고 없이 일어난 저 굉음에는 가슴이 다시 떨릴 수밖에 없었다.

'한시도 마음을 놓을 수가 없군.'

그르르릉—

그가 있는 곳으로부터 얼마 떨어지지 않은 곳. 그곳에서 인위적인 음이 들려온다.

어느 산에나 있을 법한 작은 구렁텅이 하나. 전에도 살폈지만 그곳에는 분명 인위적인 게 하나도 없었다.

그런데 지금 막 인위적인 음이 나오다니 이게 무슨 일이란 말인가.

"진? 아니 기관진식 아닌가!"

"맞는 거 같습니다!"

제갈가 사람들로서는 익숙한 음이다.

기관진식은 그들 가문에서는 일상생활이나 마찬가지였으니까!

그렇기에 폭음 뒤임에도 불구하고 안심하고 안으로 더 다가섰다.

가장 그들을 먼저 맞이하는 건.

―키이이이익!

지긋지긋한 강시!

다 죽여, 남은 것들은 증거로 삼아 연구를 해야겠다 싶은 놈이 또 하나둘 살아서 모습을 드러냈다.

대체 이놈의 강시는 얼마나 많단 말인가.

"모두 처리하게나!"

신경질적인 제갈민의 목소리에 남은 무사들이 모두 나선다.

오랜만에 상대를 하기는 하지만, 그동안 많은 수를 상대해 이골이 났는지 제갈가 무사들이 휘두르는 검은 잔뜩 성이나 있었다.

―키이익!

―키익.

순식간이었다.

지하에서 나온 강시들도 변형된 진 앞에서는 더 수를 쓰지 못하는 건지 금세 제압이 되어 나아갔다.

운현과는 다른 방식이지만, 제갈가 무사들 나름의 방식으로 처리를 한 셈이다.

그 뒤. 잠시의 소강상태.

"저 안부터 조사를 해 봐야겠습니다."

"그거 좋겠군!"

용케 머리가 돌아가는 제갈가 무사들 중에 하나가 의견을 제시했다. 그를 바로 받아들인 제갈민이 추격대를 꾸려서 나아가려는 찰나.

뭔가 익숙한 듯한 인형(人形)이 그들의 눈을 채웠다.

초췌하지만, 아름다운. 그럼에도 굳건한 눈을 가져 슬기로워 보이는 아이.

제갈민에게 있어서는 그 누구보다 소중한 사람 중 하나. 이미 잃어버린 게 아니었던가. 시체라도 찾을 수 있을까 싶은 딸아이의 형상이었다!

"소화야!"

무사들을 추격대로 꾸리던 제갈민이 달려 나간다.

잃어버린 줄로만 알았던 자신의 딸을 향해서.

*　　　*　　　*

한참 소란이 일어났다.

죽어서 시체라도 찾으면 잘 찾은 거라고 여겼던 제갈소화다.

그런 제갈소화는 물론이고 운현까지 함께 올 줄이야!

소란이 일어나지 않으면 그게 더 이상했다.

"허허. 이리로 오거라. 자네도 오게나."

"예, 아버지."

"예!"

지난 시간 동안 무슨 일을 겪은 건지 온몸에 검은 때가 묻은 데다가, 초췌하기 그지없었지만 제갈민에겐 환한 빛으로 보였다.

남들에게는 신의라지만, 자신에게는 딸아이의 마음을 가져간 도둑인 운현조차도 반가울 정도다.

죽은 줄로만 알았던 이가 돌아왔을 때는 그 누구보다 반가움을 제갈민은 직접 몸으로 깨닫고 있었다.

그것도 둘이나 돌아왔으니, 지난 피로가 싹 가시다 못해 사라진 기분이다.

"여기 앉거라. 조심하고."

세 살배기 아이를 대하듯이 조심스럽게 자리를 권하는 제갈민이다. 운현에게도 손짓이긴 하지만 함께 자리를 권했다.

"우선은…… 그래. 고생했다. 정말로 고생하였어."

둘을 바라보는 눈빛이 그 어느 때보다 따뜻한 제갈민이다.

'아버지가 생각이 날 정도네.'

운현이 가장 아끼는 이 중 하나인 이후원이 생각이 날 정도로 다정한 눈빛이다.

"……어디 보자. 한 번만 좀 보자꾸나."

제갈민은 제갈소화의 손을 잡고서는 한참을 멍하니 있었다.

다른 사람이 없었더라면 안아보고, 만지고 별의별 일을 다 할 기세였다. 이만큼 참는 것만으로도 그로서는 초인적인 인내심을 보이고 있는 게 분명했다.

"우리 아가."

"아이! 아버님도…… 안 어울리시게."

"아니다. 아니야. 없으니 알겠더구나. 허허. 사람이 표현을 해야 해. 표현을……."

피 끓는 부정.

딸아이를 잃어버렸다는 생각에 그 어느 때보다 절망을 했던 그이지 않은가. 큰일을 겪으면 사람 성격이 변한다더니 제갈민이 딱 그 꼴이다.

힘든 와중에도 사람들을 모으고, 이끌고, 지휘하던 게 싹 거짓말인 듯 어느새 딸 바보가 되어 있었다.

제갈소화도 그의 부정을 느끼는 듯 못내 부끄러워하면서도 마주 잡은 두 손을 빼지는 않고 있었다.

"자네도 고생했네."

"아닙니다. 이번엔 제갈소화 소저가 없었더라면 정말 큰일 났었을 겁니다."

"허허. 그런가."

빈말이 아니다. 열흘이라는 기간이 짧을 수도 있지만 그들이 겪었던 경험은 실존하며 진짜다.

"진이 있었던 겐가? 아니 강시도 있었겠군. 마지막에 나왔던 것도 강시니까."

"예. 거기다 기관진식까지 더해졌었지요."

잔뜩 피로한 기색의 운현이지만 제갈민의 부정을 봐서인지 애써 답을 해 주었다.

"허허. 기관진식까지?"

"예. 큰일 날 뻔한 적이 한두 번이 아니었습니다. 목숨을 위협받은 것도 여러 번이었을 정돕니다."

"허허……."

그의 눈이 더욱 깊어진다.

자신의 딸아이와 운현이 어찌 그곳에서부터 빠져 나왔을지를 머릿속으로 그려보는 게다.

아비가 아닌 지원당주로서의 본능으로 분석을 하고 있는 걸지도 모른다. 어쨌거나 그는 제갈가 사람이니까.

"자세한 건 안으로 들어가서 들어보시지요."

"바로 말인가?"

"급하지 않더라면…… 몸이라도 뉘여 보겠지만 상황이 그렇지가 않은 거 같습니다."

"아버지가 직접 보시고 확인하실 게 있어요. 제 생각이 맞는지 아닌지를요."

둘이서 겪은 것이 작은 일은 아닌 게 분명하다. 단순히 갇혀 있었던 게 아니라 그 이상이 있다.

그걸 봐야 했다.

"어쩔 수가 없겠구나. 알겠다. 그럼 바로 가 보자."

칠흑 같은 그곳으로 둘이 아닌 여럿이 다시금 발길을 옮기기 시작했다.

어두운 동굴.

그곳에 화섭자를 붙인 막대들이 한데 타올라, 어둠만 가득하던 곳에 빛을 가져다줬다.

어딘가 탐험을 하는 거라면 설렘과 낭만이 함께 있었을지도 몰랐지만, 그런 분위기를 구할 만한 상황은 아니었다.

다만 운현과 제갈소화로서는 생각지도 못한 새로운 것들을 본 듯한 표정이 얼핏 재밌어 보였다.

야명주에 의지해서 움직여 왔던 둘이다.

야명주가 아닌 여러 개의 화섭자가 불타오르면서 보이는 장면은 전혀 다른 풍경이었다.

돌과 흙이 섞여 있는 둥그런 동굴은 의외로 튼튼해 보였다.

"자세히 보니까 알겠네요. 인위적이에요."

"역시 그렇군요. 예상은 했습니다만, 밝게 보니 확실해지네요."

이곳에서 열흘 가까이를 머무른 둘이다.

벽곡단이 있어 굶주리거나 하지는 않았지만, 이곳을 탐험하며 가진 의문들은 꽤 많았다.

하나는 자연적인 동굴이 이렇게 이어질 리는 없다는 것.

가만 보니 자연적인 동굴에 인위적인 손길이 더해진 게 확실했다. 이곳에 들어서자마자 하나의 의문은 풀어낸 셈이다.

"그럼 저희 예상이 정말 맞을 수도 있겠네요."

"확실히요."

다른 하나의 의문은 이곳에 있는 기관진식, 강시들의 행태다.

군데군데 붙박이라도 되듯 묶여 있던 강시, 그리고 공격을 하면서 살의를 보여주던 기관진식은 분명 매서웠다.

하지만 이곳 사한산을 꽁꽁 감싸고 있던 이름 모를 자연 진보다는 강하다고 할 수 없었다.

가장 심처나 다름없는 곳이 바깥에 있는 진보다도 더 약하다는 건 뭘 의미하는 걸까?

거기에 둘은 의문을 가졌다.

제갈민도 같은 곳을 함께 바라봄으로써 이곳이 뭔가 이상하다는 걸 확실히 깨닫고 있는 듯했다.

다른 이들보다 아는 것이 많아 이곳을 읽어 들일 수 있어 더욱 깨달음이 빨랐다.

"묘한 곳이로구나. 구조도 묘해. 팔괘진의 응용 같은데 맞더냐?"

"예. 처음에는 진만 부수면 되는 걸로 파악했는데 아니더라구요."

"애썼다. 확실히 복잡한 곳이야."

걸음을 하면 할수록 제갈민의 표정이 굳어진다.

그와 함께 온 다른 제갈가의 무사들이나 기관진식에 관련된 전문가들이 신기하다는 듯 바라보는 것과 확실히 대조된 표정이다.

군데군데 보이는 시체.

"치열했구나……."

"이곳도 종류별로 많더라구요."

지금은 시체지만 살아 움직였을 강시가 확실하다. 실제로 이곳에 살아 움직이는 것은 강시뿐이었으니까.

강시를 만들던 자는, 노인 하나뿐일 리가 없는데도 연기라도 되는 듯 홀연히 사라졌다.

그에 대해서 추격자를 꾸리고 제갈가에 연통을 넣어 놓은 제갈민이다.

하지만 이 안을 살피면 살필수록 그의 의문은 계속 짙어질 수밖에 없었다. 운현과 제갈소화가 느끼던 의문을 그도 느끼고 있었다.

'기시감이 있다.'

어디선가 본 것과 비슷했다.

팔괘진이 제갈가의 것만은 아니라지만, 팔괘진을 변형시킨 것도 그렇다.

제갈가 특유의 냄새는 없기는 하지만 계속 어디선가 본 듯한 기시감이 강하다. 머리로는 모르겠는데, 몸이 분명 그리 반응한다.

"흠……."

그리고 강시들의 시체.

그들이 있는 위치가 문제다. 어찌 이렇게 딱딱 떨어지는 자리에 시체가 있을 수 있는 것일까.

운현이 부쉈을 것이 분명한 기관진식들도 마찬가지다.

화살을 쏘아내는 단순 장치 같은 것은 없다. 묵직한 철괴 같은 것들이 사람을 노리는 구조다.

화살을 이용하는 기관진식은 몇 번 사용하면 보수가 필요하게 되지만, 이렇게 만들어 두면.

'몇 번이고 사용할 수 있는 구조로구나. 꼭 그래야만 하는 것처럼.'

안으로 들어서면 들어설수록 확신을 가지게 되는 제갈민이다.

어디선가 본 거 같다는 기시감이 결코 착각이 아니라는 확신이다. 계속해서 그 확신이 더 커지고 있었다.

"……."

"아버지."

이미 그 기시감을 먼저 겪은 제갈소화는 그의 내심을 예상하고 있는 것인지 옆에 서서 제갈민의 손을 잡아 왔다.

딸아이로서 자신의 아버지를 위로하는 것이다. 조심스럽게.

그런 딸의 위로에 같이 손을 맞잡을 법하건만, 제갈민은 더욱 심각해져서는 더 더 안으로 들어갔다.

"당주님! 위험할지도 모릅니다!"

"조금 천천히 가시지요!"

제갈가 무사들이 혹여나 남아 있을 위험에 염려를 함에도 그의 발길에는 거침이 없었다.

그래야만 하는 것처럼.

흡사 그는 광인이라도 되는 듯 누구보다 앞서 살피고 또 살폈다.

죽은 시체들의 위치. 망가진 기관진식의 작동 방식. 그리고 구조.

그걸 눈에 꼭 박아 넣어야만 한다는 듯!

동시에 계속해서 들고 있는 자신의 확신이 아니길 바라는 제갈민이었다.

확신과 비확신 사이에서의 모순이 그의 얼굴을 잔뜩 찡그리게 만들고 있었다.

그가 가장 앞에서 달려 나가고 있기에 다행이다. 다른 무사들이 그의 표정을 봤다면 귀신이라도 들린 게 아닌가 싶었을 거다.

흉신악살에는 못 미쳐도, 살기를 잔뜩 가지고 살아가는 사파의 무인 같은 표정과 기세를 만들어 내고 있었다.

"휴……."

그 뒤를 따라가는 제갈소화가 한숨을 내쉰다.

'큰일이로군.'

운현 또한 마찬가지. 둘의 예상이 맞지 않기를 바랐건만 제갈민의 태도를 보고 있노라면, 아니길 바라는 게 되려 욕심이다.

달려 나가는 제갈민은 그 둘의 내심은 생각지도 않으며, 계속해서 생각했다.

'대체 어째서…….'

어째서 이곳이 자신에게 익숙할 수 있단 말인가.

모든 배치는 변형이 되었다지만 단 하나의 목적에는 충실했다.

팔괘진의 진의를 최대한 살리는 것.

그리고 그렇게 진의를 살려서 효율성을 끌어 올리게 되면 단 하나의 목적에 충실할 수 있게 된다.

'수련.'

결국에는 경공까지 사용해서 운현이 헤매던 곳의 끝까지 도착하는 제갈민이다.

둘은 어둠에 의지해서 기관진식과 강시를 상대해야 했기에 열흘이라는 시간이 걸렸지만, 이미 다 뚫린 길이기에.

익숙하지 않아야 함에도 익숙하기에 그 누구보다 빠르게 도착했다. 단숨에 도착한 게다.

먼 거리를 단숨에 도착했음에도 그는 기뻐할 수가 없었다.

"아버지!"

"……."

딸아이의 부름에도 침묵할 뿐이었다.

충격적인 진실을 알았기에, 답을 할 수가 없었다.

'어째서…… 대체 어떻게 이곳에 제갈가의 흔적이 있단 말인가?'

진을 이용하여 수련을 하는 것은 제갈가의 특기. 오직 그들만이 해낼 수 있는 수련의 방식이다.

다른 문파들도 제갈가와 같은 방법을 사용하고 싶었으나, 그 복잡함 때문에 실패를 한 지 오래.

진을 통한 수련의 방식을 통해서 제갈가는 상대를 분석하여, 농락하고, 분쇄하는 방식의 무공을 쌓아 올 수 있었다.

한두 명의 무사가 아니라 제갈가 무사들 전체가 다!

그런데 지금 이곳에 어찌 그 방식과 흡사한 방식이 있는 것인가?

이곳은 정체불명의 조직이 점유한 장소가 아니었던 건가?

대체 감춰진 곳에서 무슨 일들이 벌어지고 있다는 말인가.

알 수가 없다. 알 수가 없기에 충격으로 정신이 멍해질 즈음.

"아버지!"

그제서야 딸의 음성이 제갈민의 귀로 들려온다.

"정신 차려야 해요. 아닐 거라고 생각하세요. 아니 맞다고 하더라도 제대로 찾아내야죠. 그래야 해요."

"……."

아니라고 생각하라고? 맞더라도 제대로 찾으라고? 어째서?

'제갈가의 흔적이 이곳에 섞여 있는 것이라면 감춰야 되는

게……'

• 아니다. 아니지. 정파의 무인이라면 결코 그리해서는 안 되었다.

정파인이라는 것에 자부심을 갖고 살아온 자신이 아닌가. 그리 생각해서는 안 됐다.

또한, 저 어딘가에서 암약하고 있는 조직의 뿌리를 뽑아야 했다.

제갈가의 흔적이 있는 것이 당장에는 제갈가에 타격을 줄 수도 있으나, 호북에 제갈 외에 다른 세력이 있는 건 더욱 용납할 수 없는 일이다.

그게 지원당주로서 제갈민의 판단이다.

'가주가 있더라도 분명 그리 생각할 게다. 그는 큰 그림을 볼 줄 아니까.'

당장 중요한 건 저들부터 파악하는 것이다. 제갈가의 흔적이 있으니, 제갈가의 내부도 한번 쭉 살펴볼 필요가 있으리라.

흔적이 하필이면 제갈가의 흔적으로 이어진 것이 가슴이 아프지만 어쩌랴.

썩은 곳이 있다면 도려내면 될 뿐이다. 실마리 하나 없이 암중 조직에게 휘둘리기만 할 때보다는 나았다.

"맞다. 네 말이 맞구나."

"예. 그러니까 더욱 정신 차리셔야 해요. 지원당주이신 아버지가 흔들리면 다 끝난다구요."

"그래. 그러겠지."

책임감. 냉정한 판단.

그 둘로 말미암아, 혼란으로 가득 차기만 했던 제갈민의 정신이 다시금 맑아진다.

제갈가의 지원당주다운 올곧은 눈으로 변했다.

'다행이군.'

그 모습을 보며, 그의 기운도 파악하고 있던 운현의 표정이 안도로 변한다.

제갈소화로부터 이곳의 상황을 미리 알고 있었던 그로서는 최악의 상황까지 생각하고 있었다.

입막음.

제갈가의 흔적이 있으니, 그 흔적이 있는 것을 지우기 위해서라도 입막음을 시도할지도 모른다는 생각을 했다.

문파, 가문의 명예를 위해서라면 직계의 희생조차도 충분히 감내하는 그들이니 충분히 그럴 거라 봤다.

다행히도 제갈민은 거기까지는 썩지 않은 듯했다.

그는 되려 충격이 클 와중에도 정신을 올곧게 하고, 기운을 갈무리해서는 운현에게 다가왔다.

"도와줄 수 있겠는가? 생각보다 호북이 많이 썩었네."

"당연한 일입니다. 저도 호북의 사람 아닙니까."

"허허. 그래. 그랬지……."

기꺼운 운현의 대답에 그가 작게 미소 짓는다.

"문제는 이곳 호북뿐만 아니라 다른 곳도 얼마나 얽혀 있을까가 문제겠지요. 그리고……."

이곳이 아니라 다른 곳에도 있을 것을 생각해야 했다.

이곳 사한산.

고작해야 이곳을 쓸어버렸다 해서 안심을 하기에는 그들이 너무 뿌리 깊었다.

그 깊은 뿌리까지.

'솎아내야지.'

근절을 해야 했다. 확실하게. 고작해야 그것을 위한 단 일보를 내디뎠을 뿐이다.

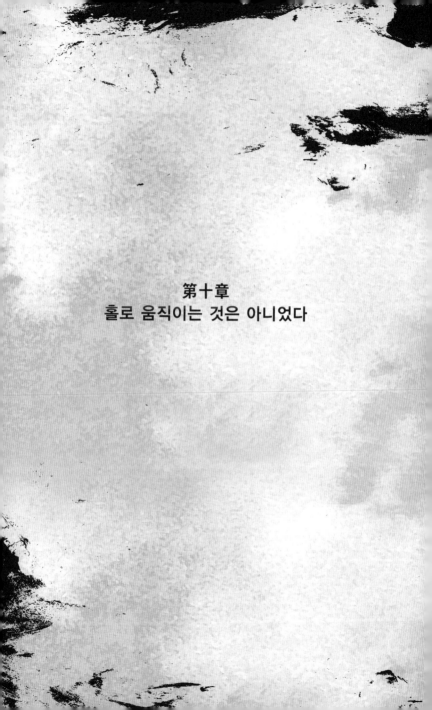

第十章
홀로 움직이는 것은 아니었다

종상(鍾祥)현 어귀.

운현이 있는 곳에서부터는 동쪽으로 한참을 가야만 하는 곳이 종상현이다. 그곳에서도 다른 이들의 발길이 이어졌다.

"막내는 다른 곳으로 간 거지?"

"그래."

묵직함을 지닌 사내로 성장한 지 오래인 명학. 쾌활한 가운데에서도 자신에게 주어진 일에는 집중할 줄 아는 문환.

이 둘은 무당에서 하산을 하자마자, 연통을 넣었다.

처음으로는 집에, 다음으로는 의방에.

단 두 곳에 연통을 넣은 거지만 그것만으로도 충분했다.

하산한 뒤로 어찌 움직일지 갈피를 못 잡던 그들은 운현과 함께 출발한 무당 무인들과는 다른 곳으로 움직이기로 마음먹었다.

그들이 아직까지도 찾지 못했는데, 이제 와서 자신들이 간다 해서 달라질 것은 없다 생각했으니까.

젊은 둘이지만 자신들의 능력을 맹신하지는 않은 게나.

대신 젊은 혈기에 행동력 하나만은 좋았다.

"다들 동쪽으로 갔으니 우리는 서쪽으로 가 보자고."

"둘만 가다가는 위험할지도 모르는데?"

"정 안 되면 도움이라도 요청하면 되니까."

"형이 전처럼 혼자 다 해결하려고는 안 하네?"

"부상당해서 막내 고생시키는 건 한 번이면 족하다."

그들은 침착하되 빠르게 움직였으며, 능력을 과신하지도 않았다.

그 덕분일까. 두 형제는 곧 누군가와 연이 이어질 수 있었다.

우연히, 어쩌면 도인답지 않게 인연을 중시하는 운선의 말마따나 인연이란 게 작용했을지도 모른다.

"제갈가의 제갈현준이라 하오."

"무당의 이명학이라고 합니다."

"오…… 혹시 신의의?"

"예. 그렇습니다."

의성(宜城)현. 그곳에서 제갈가의 무사들과 마주쳤다. 의도한 것이 아닌 실로 우연이다.

둘은 그곳에 혹시 실마리라도 있지 않을까 싶어 들렀을 뿐이었다.

그 둘을 제갈가 무사는 반가움을 표하면서도 날카롭게 바라봤다. 사칭인지 아닌지를 알아보려 한 거겠지.

허나 호북에서 누가 감히 무당파 도사 흉내를 내겠는가. 여러 가지 특징으로 말미암아 둘을 믿었고 인연이 닿았다.

그리고 새로운 명호를 또 들었다.

"그럼 그대들이 무당준걸(武當俊傑)이겠구먼?"

"예?"

"무당준걸 말일세. 혹자들은 무당이걸(武當二傑)이라고도 하더군. 허허."

"그게 무슨 이야기신지…… 금시초문입니다."

자신들이 언제부터 무당의 이걸씩이나 됐다는 말인가.

명학이야 수련행으로 말미암아 가진 별호가 있었다지만, 문환은 또 아니지 않는가. 그런데 이걸이고, 준걸이라니.

당황스러움과 함께 별호의 대단함에 민망한 감정이 드는 둘이다.

운현한테 자주 뻔뻔하다는 소리를 듣는 명학마저도 민망

해할 정도이니 더 말할 나위가 있으랴.

"아니네. 사람들이 붙여주는 별호가 때로는 과장도 있지만…… 그대들에게는 어울리지 않나?"

"그럴 리가요. 절대 아닙니다."

"맞습니다. 형님 말대로 절대로 아니죠. 저희는 아직 부족합니다."

이제는 손을 휘휘 저으면서까지 아니라 하는 둘이다.

젊은이들이라면, 특히 무인이라면 별호 하나 가지는 게 꿈이지 않은가. 그런데도 저리 겸손하다니.

그게 오히려 마음에 들었을까?

"허허. 무당 내에서도 소문이 자자하다는데 겸손들하고는……."

덕담이라도 하듯 좋은 인상을 하고는 어깨를 두드려 주는 제갈현준이다.

그가 제갈가에서도 꼬장꼬장하기로 소문난 것을 감안하면 꽤 큰 호의다.

실제로 그 뒤에서 기립해 있는 다른 제갈 무사들도 놀라는 기색이지 않은가.

"그런데 말일세. 자네들."

"예."

"지금 호북의 상황을 아는데도 나섰다는 것은 역시……

그들 때문이겠지?"

남들처럼 암중조직이라고는 말하지 않는다. 그리 말하는 게 제갈현준으로서는 마음에 들지 않는 듯했다.

그래도 뜻을 이해할 수는 있는 명학이다.

"예. 어찌 잊을 수나 있겠습니까. 찾으러 나왔습니다."

"허허. 예상은 했네."

명학이 무당관검(武當官劍)이라는 별호를 얻은 건 유명한 이야기지 않은가.

젊은 무인답지 않게 고지식했고 또한 무인다웠다. 그 가운데 그가 당한 것도 꽤 유명한 이야기다.

모두 그런 그를 놀리기보다는 되려 애도를 표했다. 그에게 도움을 받은 평민들도 마찬가지다.

"해서 물어보겠네."

은근한 눈빛으로 제갈현준이 물어왔다.

"확실하지도 않은 정보일세. 우리도 움직이면서 확신이 있는 것은 아니네만……."

"예."

그래도 다른 무언가의 정보가 있는 건 확실하다. 지푸라기 하나 없이 돌아다니던 둘과는 역시 달랐다.

'과연 제갈가로군…….'

이라고 생각했을 정도다.

"한번 같이 움직여 보겠는가? 허탕을 칠 수도 있네. 또한 은밀히 움직이는지라…… 알려질 수도 없겠지."

젊은 무사라면 공명심에 무슨 일을 하든 알려지길 원한다. 하지만 둘은 개인사가 걸려 있지 않은가.

"물론입니다!"

"당연히 가야 하지 않겠습니까."

바로 제갈가의 무사들과 합류했다.

그리고서 도착한 곳이 종상현이다. 아주 빠른 시간 안에 은밀하게 움직였다. 그리고 그곳에서 그들이 본 것은.

*　　*　　*

산줄기를 뒤졌다.

종상현 시내는 뒤질 생각도 안 한 듯 보였다. 벽곡단으로 때우면 된다는 듯 식량이나 기타 등등을 보급하지도 않았다.

대신 움직임에 거침이 없었다.

제갈가 무사들은 무언가 알고 있는 게 있는 게 분명하다.

동시에 그들이 지친 모습을 보이는 것은 명학이 듣기로 다른 곳도 뒤져본 곳이 꽤 많은 덕분이다.

자신들이야 종상현에서 처음으로 제대로 된 수색을 하는

것이지만, 제갈가는 그게 아닌 것이다.

그 때문에 생각보다 쉽게 제갈가 무사들의 행렬에 꼈을지도 몰랐다. 그들이 무언가를 탐색하는 동안.

"우리는 뭘 한다지?"

"……우선은 기다려봐야겠지."

진이나 기관진식에 전문적인 지식이 전혀 없는 명학과 문환으로서는 할 일이 전혀 없었다.

힘을 쓰는 일이라면 몸이 망가지도록 돕기라도 할 텐데 그 역시 무리였다. 이곳은 적어도 머리 쓰는 일이 더 중요했다.

이대로 밥만 축내고 있는 건 아닐지 둘이 걱정할 무렵.

"어엇! 신호탄입니다!"

제갈가 무사들 중에 가장 큰 덩치를 가진 자의 목소리가 조용한 숲에 크게 울려 퍼졌다.

정말 머리 위를 올려다보니 빨간색의 연기를 뿜어내는 것이 하늘 위로 솟구치다가 사라졌다.

빨간색은 위급하거나 혹은 무언가를 발견했을 때 사용하기로 되어 있다.

"서쪽이로군!"

방향을 가늠한 제갈현준의 뒤를 가까이 있던 제갈가 무사들이 따라갔다.

모이라거나 하는 명령은 없었었다. 다른 무사들도 신호를 보고 따라올 것이 분명하니까. 따로 지시를 않은 거다.

경공을 발휘해서 뛴 지 고작해야 반각.

신호를 쏘아 올린 곳이 멀지는 않았기에, 금세 도착을 할 수 있었다.

'화전민촌?'

그곳에는 여느 산이라면 하나, 둘 정도씩은 있을 법한 화전민촌이 있었다. 어쩌면 현에서 허락받은 마을일 수도 있고.

가옥은 약 스무 채 정도.

같이 사는 가족의 수를 고려하면 백 명도 더 넘게 사는 곳이다. 화전민들이 사는 곳치고는 규모가 꽤 커 보였다.

이런 곳에 무슨 흔적이 있다는 것일까? 착각이라도 한 게 아니란 말인가?

궁금증을 느낄 상황.

"여깁니다! 여기!"

젊은 제갈무사가 마을 한 어귀에서 도착한 이들을 부르고 있었다.

제갈준이라 했던가. 제갈가 직계는 아니지만, 꽤 촉망받는 실력을 가진 자다.

명학과 비슷하게 침착한 성격으로 보이는 자였는데, 그가 저리도 다급하게 부른다는 건 충분히 가볼 가치가 있었다.

"무슨 일이더냐? 아니, 어떤 흔적을 찾은 게야?"

"여기, 여깁니다!"

그가 손으로 한쪽을 가리킨다.

마을에서 꽤 큰 가옥이었는데, 가장 외곽에 있는 가옥이기도 했다. 그 가옥 한켠에 마련되어 있는 어떤 통로가 보였다.

평소라면 한참을 살펴봐야 할 통로지만, 다급한 일이 있었는지 작은 틈이 있었다.

그걸 용케도 찾아냈다. 제갈준의 침착한 성격이 빛을 발한 게 분명하다.

그도 아니면······.

"함정일지도 모른다. 우선은 다른 무사들도 도착하기를 기다리자꾸나."

제갈현준의 말대로 함정일 수도 있다.

어차피 도망을 치려면 진즉에 도망을 갔을 터. 더 서두를 게 없다. 다급하게 움직여서야 애꿎은 희생만 생길지도 모른다.

길어야 반각만 더 기다리면 남은 인원들도 다 도착을 할 터. 그때 들어서는 게 낫다.

급할수록 차분히 움직여 보자는 게 제갈현준의 생각이었다.

경공으로 와서 숨이 찬 걸 찬찬히 고르고 있으려니, 명학의 코에 묘한 향취가 잡힌다.

"그런데 저 구멍…… 뭔가 냄새가 심하지 않습니까?"

"저도 그것 덕분에 알았습니다. 확실히 심합니다."

"대체……."

자신도 모르게 명학이 한 걸음 다가가 본다.

"조심하게나."

그때 제갈현준의 목소리가 들려온다. 멈칫하던 명학이다.

하지만 한 걸음 다가감으로써 냄새의 정체를 짐작할 수 있었다. 혹시 하고 생각했지만 거의 확실하다.

저 작은 틈. 그 틈을 뚫고 나올 냄새란 건 그리 많지 않다. 더더군다나 이런 악취라면.

"이거…… 시체 냄새 아닙니까?"

"……맞을 걸세."

"그럼 어서 들어가 봐야 하지 않겠습니까?"

그제서야 다급해진다.

시체라니. 그럼 전에 나타났던 강시들이 이곳에서도 만들어지기라도 하고 있다는 건가.

그렇다면 생각 외로 저들의 규모가 더 클 수 있다. 다급한 것도 당연했다.

"잠시. 잠시면 되네."

하지만 중년의 침착함은 여전히 빛을 발해 줬다.

"당주님!"

"어디십니까!"

제갈현준도 맡은 당이 있던가. 제갈가 무사들이 그를 찾으며 속속들이 도착했다.

"여기네!"

무사들을 끌어 모으고서는. 진이 없는 것까지 확인한 그가.

철커억―

문을 강제로 열어젖혔다.

"허……."

그리고 그 안은 오직.

"……시체. 아니 시체 더미로군요."

"크으……."

오직 시체뿐이었다. 노인, 어른, 아이 할 것 없이 한데 뭉쳐진 시체가 주는 악취는 심각했다.

이 마을의 모든 자들이 죽은 흔적임이 분명하다.

"……꺼내게."

침음성 섞인 어조로 제갈현준이 명령을 내린다. 상황이 생각보다 더 심각하다는 것을 느낀 듯 인상이 잔뜩 찡그려져 있었다.

허나 그들이 알까.

이곳 말고도 많은 곳에서 지금과 같은 장소들이 발견되고
있었다.

＊　　　＊　　　＊

"실마리를 잡기는 했으나…… 마지막까지 움직여보는 게
어떤가?"

"마지막이라면 종상현을 생각하시는 거군요?"

"이미 제갈가 무사들이 가 있긴 하네. 우리도 그쪽을 예측
했었으니까."

이들이 이곳에 온 게 우연이 아니었듯, 제갈가는 호북 곳
곳을 뒤지고 있었다.

그중에는 운현 또한 포함되어 있지 않은가. 제갈민과 함
께 있는 그의 표정은 대화를 하는 내내 심각하기만 했다.

"그러셨군요. 이곳과 같은 방식이겠지요?"

"물론! 이곳은 지원당, 그곳은 철지당이 맡았지."

"당이 움직였다면 여럿이 움직였겠군요."

"그렇네. 자네니까 하는 말이지만 제갈가의 직계만 반은
움직였네."

운현과는 다른 방식이지만 확실하게 움직이고 있었다.

'그에 비해서 무당은 아직 많은 곳을 찾지 못한 듯하던데……'

무력은 제갈가보다 무당을 쳐주는 게 정설이다.

하지만 그런 천하의 무당도 지금의 상황에는 약한 것일지도 몰랐다. 오히려 이 부분에서는 제갈가가 먼저 선취를 했다.

제갈가 역시 이 넓은 중원에서 세력을 이루고 사는 자들이지 않은가. 가진 바 한 수씩이 분명히 있다.

"그쪽도 잘은 하고 있겠지만, 연통이 오지를 않았으니 가보는 게 어떠한가?"

제갈현준이 시체 더미를 찾았지만 거기까지는 모르는 운현과 그 일행이었다.

"가보지요. 아니 가야겠죠. 확인할 게 많지 않습니까."

"그렇네. 어디부터 어디까지일지도 모를 상황이니 지푸라기라도 잡아볼 수밖에."

어쩌면 제갈가 내부에 배신자들이 있을지도 모른다.

아니, 있는 게 확실하다. 근데 그자들이 누구인지 알기 위해서는 실마리가 많으면 많을수록 좋다.

그저 바라는 것이라고는 그 수가 최소였으면 하는 것뿐이다. 하지만 그마저도 역시 바람으로 끝날지 모른다.

'우리가 모르는 사이 뿌리까지 썩었을지도 모르지.'

지원당주로서 우려가 큰 제갈민이었다.

호북성 모든 곳에 눈과 귀를 가지고 있다 자부하던 지원당 아닌가. 그럼에도 여태껏 헛짓만 해대었다.

정보를 다루고 예측을 하는 주제에 자기 가문도 제대로 난속을 못 했다. 모두 시원당주로서의 실책이다.

종상현의 일을 처리한다손 쳐도 제갈가 내부의 단속도 과제로 주어지리라.

할 일이 많고, 바삐 움직여야 하는 상황이다.

"겨우 빠져나온 사람에게 할 이야기는 아니네만, 바로 움직이세."

"이해합니다. 가지요."

일행이 제갈현준이 있는 종상현을 향해서 움직였다.

처음 목표인 종상현으로 가던 중에 제갈민은 많은 연통을 받았다.

제갈가의 모든 정보를 총괄한다 할 수 있는 그이기에 그에게 연통들이 집중된 것은 당연했다.

"허허……."

그는 호북 곳곳에서 시체 더미들이 발견된 것에 침음성을 삼켰다.

또한 그들의 예상대로 종상현에서도 일이 벌어진 것에 작은 지푸라기라도 잡았음을 알았다.

　　"이걸 보내게."

　　"지급으로 바로 보내겠습니다."

　　해서 종상현에 있을 제갈현준에게 손수 연통을 써서 보냈다.

　　그곳을 보존하고 있어 달라는 부탁이 적힌 연통이었다.

　　눈으로 직접 봐야 했다. 횡액을 당하여 시체가 된 망자들에게 할 짓은 아니지만 그가 직접 확인할 때까지 보존을 해야 했다.

　　그래야만 무엇 하나라도 얻을 수 있을 테니까.

　　일행의 발길이 종상현을 향해 갔다.

　　　　　*　　　*　　　*

　　종상현에 도착한 운현은 생각지도 못한 인물들을 만났다.

　　명학과 문환. 그의 형제들이다.

　　"형님들도 있으셨던 겁니까?"

　　"손 놓고 있을 수는 없잖아? 당연히 나서야지."

　　"형님들…… 위험한 일은……."

　　운현이 걱정하는 바를 형들이라고 해서 모를까. 지금의 시기가 수상한 것은 그들도 바보는 아니기에 충분히 잘 알았다.

하지만 무를 닦는 이로서, 또한 정파의 무사로서 어찌 가만있으랴.

"아우야. 짐은 되지 않으마."

"걱정 말라고. 열심히 갈고 닦았으니까."

동생의 말에 자존심이 상할 법도 하건만, 그들은 되려 운현을 달래었다.

"형님들……."

잠시 나눈 해후.

그들로서는 그 정도의 시간이 주어진 것만으로도 행운이라 여겨야 할 상황일지도 몰랐다.

그 사이 지원당주인 제갈민은 지원당 무사들을 이끌고서 철지당의 도움을 받아 시체들을 살펴보고 있었다.

그 장면을 보던 운현은 자신도 나서야 함을 느꼈다.

'법의학 전공은 아니지만…….'

자신이 가진 지식과 이곳에서 무인으로서 배운 바를 섞어 활용하면 도움이 되지 않을까 생각해서다.

그래도 끝내 걱정이 돼서 마지막 한마디는 남기는 운현이다.

"알겠습니다. 그래도 몸은 보중하셔야 합니다?"

"걱정 말거라."

"보중은 무슨…… 이 형들이 늙어가는 처지도 아니고, 이제 이십 대라고."

진중한 명학과 다르게 문환은 분위기를 풀어 줄 줄 알았다.

"알지요."

"알면 어서 가 보기나 해라. 네가 필요할 거 같으니까."

눈치도 좋았다. 둘째여서인지 주변을 잘 살필 줄 아는 문환이다.

"예! 그럼 이따 따로 자리를 갖죠."

"알았다."

운현이 금세 몸을 날려 제갈가 무사들을 향해 갔다.

'……방부처리 한 건가.'

가까이서 보니 시체가 더 썩지 않게 약 처리를 한 듯하다.

그 기술이 조악한 편이어선지 시체들이 군데군데 썩어들어 가고 있는 게 보일 정도였다.

그래도 임시로 한 거치고 이 정도면 충분히 잘 해낸 것이라고 볼 수 있었다.

운현이 시체들을 살피기 시작했다.

시체라는 건 생각 이상으로 많은 말들을 하니, 자세히 살펴보아야 했다.

'검상…… 심장을 한 번에 찌른 것들이 많군.'

저항의 흔적도 없다. 일면식이 있다는 소리겠지.

그리고 아주 은밀하고도 빠르게 죽였을 거다. 자신도 모르는 사이에. 그러자면 보통은.

'암습. 혹은 여럿이 순식간에 일을 벌였다.'

일순간에 당한 시체들이다. 거기에도 작은 조각들이 정보가 되어 시체와 함께 있었다.

한참 살펴보던 운현은 무언가 이상함을 느꼈다. 묘하게 거슬리는 흔적을 가진 뭔가가 시체들로부터 나오고 있었다.

"잠시 더 살펴봐도 되겠습니까?"

"그래. 그러게나."

제갈민의 허락을 받고서는 봇짐에서 수술도구를 꺼내 들었다. 메스다.

명학을 치료하기 위해서 가져왔던 것들 중에 하나인데, 이걸 이런 식으로 쓸 줄은 그도 예상 못 했다.

"필요하시면 고개 돌리셔도 됩니다."

"괜찮네. 여기 무인 아닌 자가 어디 있는가."

"실례했군요. 바로 하겠습니다."

쯔으윽——

굳은 시체지만 기를 불어 넣어 째니 막히는 게 없었다. 검상 외에는 다른 상처가 없던 시체의 복부가 그대로 째여졌다.

"웃……."

누군가가 코를 부여잡는다.

안까지 방부처리가 안 된 것은 당연했기에, 썩은 냄새가
바로 치고 들어 온 게다. 시체 안에 생성되는 기체도 한몫을
했을 거다.

운현은 그에 아랑곳 않고 매스를 한쪽에 치우고서는 손을
집어넣었다.

푸욱―

따뜻함보다는 차가움이 가득 전해져 온다.

찝찝함이 전혀 없지는 않지만 그보다 더 중요한 게 있기에
그의 손길은 거침이 없었다.

시체를 뒤적이던 운현의 손이 우뚝하고 멈췄다.

"뭔가 찾았는가."

츠윽―

운현이 손을 꺼내들었다. 장과 함께 끌려 나온 운현의 손
에는 전에 없던 뭔가가 쥐여져 있었다.

아주 작은 구슬과 같은 것.

무인들이라고 해도 잘 모를 만한 것이지만 적어도 높은
지식을 자랑하는 제갈가 무사들은 알아본 자가 몇 됐다.

운현도 기운을 읽어 이것이 무엇인지를 확실히 알았다.

"……시독입니다."

"시독이라니. 그럼 그들 중에는 독의 고수도 있다는 건가?"

"그렇겠지요."

시체가 썩으면서 나오는 것도 시독이다. 하지만 무인들은 그러한 것만을 시독으로 치지 않는다.

인위적으로 심어지는 시독도 있다. 본래 배출되는 시독보다도 더 강하게 시독을 만드는 방식이 있다.

독공의 고수들이나 가능한 일이지만 때때로 튀어나오곤 하는 게 시독이다.

"심각하군. 심각해."

"다른 곳에서도 이런 일들이 벌어졌다고 했지요?"

"파악한 곳만 열두 곳이네. 모두 호북 서쪽에 치우쳐 있지. 후우……."

열두 곳.

제갈가에 더하여 무당까지 합심하여 파악해 낸 수다. 모두 시체들이 발견됐고 마을 하나씩은 싸그리 전멸됐다.

연통을 통해서 정보를 공유했기에 아는 수다.

'심각하군…….'

시독. 더 묵히기 전에 파악을 해서 다행이다. 그렇지 않았더라면 무차별적으로 중독이 됐을 거다.

무인이 아니더라도 많은 양민들이 주변에 있다가 당하곤 했을 거다. 원인도 잘 몰랐겠지.

미리 파악을 해서 시독으로 인한 불상사는 막을 수 있었다. 하지만 발견을 했다고 해서 마냥 좋아할 수가 없었다.

"당장 연통부터 날리지요."

운현의 표정이 심각했다.

第十一章
생각지 못한 일

　암중 조직이 이번 시독을 이용하여 얻은 것들은 꽤 많을 거다.

　시독을 머금고 있는 시체는 태워버려야 한다. 흔적도 없이.

　그러지 않으면 시독이 퍼져나가는 건 순식간이다.

　'단 며칠만 더 있었더라면⋯⋯.'

　시독이 번져서 이곳에 있는 무인들부터 당했을지도 모른다. 아니 확실히 당했을 것이다.

　운현이 아니고서야 독의 기운을 읽어 낸 자들이 없었다. 그만큼 그들이 사용한 수법은 은밀했다.

그러니 운현이 일일이 확인을 할 수 없는 이상 모든 시체들은 태우는 게 맞다.

그게 문제다.

시체 중에는 시독을 머금지 않은 시체들도 분명 있겠지만, 누가 그걸 확인하겠는가. 운현밖에 하지 못한다.

시독이 있지 않은 시체들.

그 많은 시체들이 암중 조직에 대한 중요한 단서를 줄 수도 있었다. 시체는 생각 이상으로 많은 말을 하니 의외의 것을 찾아낼 수 있을지도 모른다.

그걸 아는데도, 다 태워야 한다.

시체를 뒤지겠다고 산 사람들이 시독에 당하게 할 수는 없으니까.

'증거가 뻔히 있는 걸 아는데…… 그걸 직접 지워야 하는 거군. 망할.'

암중 조직은 이번에도 사람이 죽어가는 것 따위 당연하게 여겼을 거다.

자신의 조직에 속한 자들의 죽음도 이용하는 자들인데, 화전민촌의 죽음은 얼마나 신경을 쓰겠는가.

그들다웠다.

'풀어내야 할 게 많은데……'

다행히 안온현에서 강시를 만들어 냄과 동시에 수련을 하는 수련동을 찾아낸 거 같기는 했다.

자연진으로 정체를 숨기고, 팔괘진을 이용해서 제갈가와 같이 수련을 해내는 자들이다.

아주 효율적이며 정체를 숨기고 실력을 쌓는 데는 적절한 방식이다. 문제는,

'그런 수련동이 더 있을 수도 있는데……'

시체들을 찾으러 다녀야 할 판이다. 혹여나 시독으로 일어날 불상사를 미리 막기 위해서라도 바삐 움직여야겠지.

시독을 처리하는 게 순리에 맞는 일이기는 한데, 성과는 없이 시간만 잡아먹게 됐다.

그 사이에 암중 조직은 더 안으로 숨어들 게다.

다행히 문파나 가문 내부에도 저들이 숨어 있다는 것을 알았으니, 실마리가 아주 없는 건 아니지만.

"후우……."

확실히 해내지 못했다는 사실에 입이 쓴 것까지는 그도 어쩔 수가 없었다.

잡힐 듯한데 잡아내지를 못하고 있다.

호북의 모든 문파들이 합심하여 움직인다지만, 과연 이번만큼 큰 실마리를 또 어떻게 찾을 수 있단 말인가?

내부에 있는 자들을 잡기 위해서라도, 모든 무사들이 나설 수는 없을 거다. 내부를 뒤진다는 건 생각보다 많은 인력

을 필요로 하게 되니까.

이도 저도 아닌 상황.

무엇 하나 제대로 해결을 할 수 없는 진퇴양난의 상황이다.

답답하지 않을 수가 없었다.

운현이 멍하니 있으려니, 그를 가만히 바라보던 냉학이 나서 물었다.

"더 실마리는 없는 게지?"

"응. 일단은 호북에서 저들의 세력을 꺾기는 꺾은 건데, 박멸은 못 시킨 걸지도 모르지."

"박멸이라…… 아쉽게 됐군."

"그래도 성과가 전혀 없지는 않으니까 다행이지……."

호북을 벗어나 더 많은 성에 있을 그들을 처리해 놓아야 편할 텐데.

역시 한 번에 처리를 하는 건 무리였을지도 모른다. 그래도 성과가 아예 없지는 않은 게 다행이다.

적어도 저들의 세를 꺾었을 거라 생각한다.

"그럼 앞으로는 추격전인 건가."

"그건 당연하고…… 내부도 함께 감시해야 하니 복잡할 거야."

"어렵군."

"그러게. 확실히 어렵네. 무당은 아니겠지?"

"안심만 할 수는 없지……."

"휴우. 작은 성과에 만족을 해야 하나."

그래도 이번 일이 있으니 저들도 함부로 움직이지는 못하지 않을까. 분명 그리 생각을 하고 있으려는데.

객잔 한 켠에 자리하고 있는 삼형제를 향해서 다가오는 자가 있었다. 점소이 행색을 하고 있지만, 익숙한 인상이다.

운현이 이곳에 자리를 잡고 있는 사이 서신을 건네어주고는 하는 이. 하오문 사람이다.

그가 조심스레 다가와서 운현에게만 들리도록 작은 목소리로 말했다.

"……특급입니다."

투욱.

운현이 반항을 하지 않기도 했지만 품에 넣어주는 솜씨가 예사롭지 않다.

점소이 복장을 하고 있어도 소매치기 출신일 것이 분명하다.

"크흠……."

명학이나 문환도 그의 정체를 대강 눈치는 챘지만 하오문이 운현의 행사에 도움을 주는 걸 알아서인지 침묵을 해 주었다.

'다행이로군.'

정파의 무사라는 자들은 하오문의 필요성은 인정하면서도, 괄시하거나 혹은 두드러기라도 난 듯 반응하는 자들이 태반이다.

그런 자들에 비해서 단지 침묵으로 넘어가 주는 것은 두형이 하오문에 대해 그리 부정적이지는 않다는 이야기였다.

때로 고지식함이 큰일을 막는 것을 생각하면, 앞으로도 하오문과 연계를 해야 할 운현으로서는 다행인 일이다.

특급이라지만, 별일이 있을까 하며 운현은 자신의 품에 들어가 있는 서신을 꺼내어 들었다.

밀봉되어 있는 봉투를 열고, 그 안을 살핀다.

"이런……."

운현의 눈이 크게 뜨여진다.

서찰 안에는 전혀 생각지도 못한 소식들이 빼곡하니 적혀 있었다.

하나같이 치명적인 소식들인데 그 수가 한둘이 아니다. 다분히 운현을 노리는 것이 확실한 사건들이 쓰여 있다.

이곳 시체들을 정리하고, 시독이 있던 곳들을 살핌과 동시에 제갈가의 추격전에 합류하려 했던 운현이다.

그런 운현이었지만 이 소식들을 보고도 당장 그들과 함께 활동을 할 수는 없었다.

'아주 제대로 당했다. 안일했는지도 모르겠군.'

그들 조직에 속한 자들이 제갈가, 무당, 호북의 많은 문파들에만 있을 거라 생각했다. 안일하게도.

내부 단속은 그들만 해야 할 게 아니었다. 자신도 해야 할 일이다.

"대체 무슨 내용인 거냐?"

"봐봐."

운현이 명학에게로 먼저 서신을 건네줬다. 문환도 옆에 앉아 함께 서신을 읽어 갔다.

"……심각하군."

먼저 서찰을 읽은 운현은 상대적으로 침착했다.

여전히 심장이 쿵쿵 뛰지만 적어도 이제 막 소식을 들은 형들보다는 나았다.

"그래. 아무래도 나는 등산현부터 가야 할 거 같아."

"그래야겠다. 하…… 삼형제가 같이 움직이는 게 참으로 힘들구나."

문환의 말이다.

말은 하지 않았지만 명학으로서도 운현과 함께 움직이는 것에 기대를 한 듯 작게 한숨을 내쉬고 있었다.

하지만 아쉬워할지언정 상황 파악을 못 할 만큼 멍청이는 아니었다.

"너 또한 책임자의 자리에 있으니 어쩔 수 없는 거겠지. 먼저 움직이거라. 우리는 우리대로 움직일 테니."

"이쪽은 걱정하지 말고!"

되려 두 형이 운현을 위로했다.

"고마워. 그럼 먼저 일어설게."

"무운을 빈다!"

한동안 함께했던 제갈가에 소식을 전하긴 해야 할 거다. 그들도 운현과 같이 움직일 거라 생각했을 테니까.

그 뒤로 바로 등산현을 향해 가야 했다.

운현은 형들에게로 손을 한 번 들어 보이고서는 바로 움직이기 시작했다.

*　　*　　*

'내부를 더 단속해야 했다.'

등산현까지의 거리가 왜 이리도 멀게 느껴지는지.

근래 들어 모든 이동은 시일이 급해서인지 가는 모든 길이 더디게만 느껴지는 운현이다.

한 번밖에 보지 않은 서찰이지만 그 모든 내용이 머릿속에 박히기라도 한 것인가.

길을 서두르는 와중에도 운현의 머릿속에 떠오르기를 쉬

지 않았다.

이통표국 한일운 표두 사(死).

서찰의 첫 글귀였다.

이통표국의 제삼 표두.

운현이 어릴 적, 고작해야 네 명의 표두가 있을 적에서부터 표두를 맡던 이가 사망했다 적혀져 있었다.

낭인 출신으로 도를 멋들어지게 쓰던 그는, 언제나 밝았다.

모두가 지친 와중에도 홀로 밝아 분위기를 부드럽게 만들어 주던 자가 그다. 과거가 어땠는지는 몰라도 그는 언제나 웃을 줄을 알았다.

기쁨도 함께였다. 표국이 성장을 해 나갈 때면 자신이 성장해 나가는 것만큼이나 기뻐해 줬다.

이통표국이 어려울 때면 아버지인 이후원 몰래 찾아와 방법을 묻던 그다. 그는 이통표국을 자신의 것처럼 생각해 줬다.

시작은 아주 작은 인연이었다 들었다.

이통표국에서 표두를 모집하던 당시, 지원을 했던 작은 인연이 쭉 이어져서 표두가 됐다.

고 표두만큼이나 가까운 사이는 아니지만 충분히 가족이라 생각할 수도 있는 자였다. 이통표국의 초기부터 함께한 자들은 모두 각별했으니까.

'……그분이 죽었다라.'

몇 년만 더 표두 일을 하면 그 뒤에는 은퇴하고 쉬겠다던 그가?

언제나 크게 웃으며 운현을 보아주던 그가?

이렇게 죽어서는 안 될 자가 죽었다. 운현의 가슴에 담아두던 자가 죽었다.

그 뒤로 이어지던 서찰의 내용은.

이통표국 표사 삼십 사(死). 열 실종.

표사 삼십이 죽었고 열이 실종되었다는 내용이다. 한 줄의 글귀지만 유추되는 바는 있었다.

모두 한일운 표두와 함께 표행을 하다가 죽었을 것이 훤히 보였다.

실종이라고 표시된 열도 시체를 찾지 못했을 뿐이지 죽었을 것이 뻔하였다.

그렇지 않고서야 서찰에 다음 글귀로 쓰여 있을 리가 없다.

'대체 누가.'

누가 그랬을까. 아니, 누가 그랬는지는 안다. 그들이겠지.

자신을 노린 것으로 모자라서 주변을 노렸다. 이제는 제대로 일을 벌이고자 하는 것일까?

그렇다 하더라도 제갈가와 무당이 호북을 뒤지고 있는 와중에서도 이런 공격을 가하다니, 제정신이 박힌 걸까. 미치기라도 한 것일까?

'그럴 리가 없겠지……'

이건 경고다.

더 끼어들지 말라는 경고.

먼저 운현을 건드린 쪽은 자신들인 주제에. 가만히 있는 그에게 원한을 쌓은 것은 그들인 주제에 뻔뻔하니 경고를 날리고 있었다.

더 끼어들게 되면 네가 소중히 여기는 자들이 다칠 거라고. 그리 말하고 있는 거다.

일을 벌인 자들과 대화를 나눈 것도 아니건만 확신할 수 있었다.

서찰의 다음 글귀가 그 확신을 더해 줬다.

적벽현 의명 의방 전소(全燒).

굳이 등산현이 아닌 적벽현의 의명 의방을 노렸다.

이통표국이 거래가 끊길 당시 위기를 기회로 삼아 만들어 냈던 곳이 적벽의 의방이다.

운현이 아닌 학사 한울이 애를 써서 만들었지만, 꽤 초기에 만들어진 의방이기에 그만큼 많은 공을 들인 곳이었다.

어디 하나 소중하지 않은 의방이 어디 있겠느냐만은 굳이 적벽을 노렸다.

다행히도 적벽에 의명 의방을 세운 한울은 등산현에 있어 아무런 일이 없다지만, 이 또한 경고일 게 분명했다.

'한울을 노릴 수도 있다는 거겠지…….'

무공을 익히지 않은 그. 그를 노릴 수 있으니 조심하라는 경고일 게다.

분명 그들은 원하고 있었다.

자신들이 먼저 건드린 주제에, 운현이 이 일에서 빠지길 원함을 또 일을 벌여 표현하고 있었다.

하지만 지금에 와서 운현은.

'물러날 수 있을 리가 없잖은가.'

절대로 물러날 수가 없었다.

무림의 복수가 다 허망한 거라 여기던 그지만, 소중한 사람을 잃고 난 뒤에도 물러날 만큼 여리지는 않았다.

"후우…… 후우……."

운현의 경공이 더욱 빨라진다.

등산현을 향해서 그 누구보다 날래게 움직이고 있었다.

그리고 머리로는.

'깨달음으로 방법은 많아졌다. 확실히 많아졌지. 다만 조금의 시간이 필요할 뿐······.'

주변을 지키면서 그들을 부술 계책을 마련하고 있었다.

*　　*　　*

호북성.

넓은 지형을 다 외워간다고 자부를 할 정도다.

작은 길들은 아직 모르는 길들투성이긴 할 거다. 그러나 적어도 현에서 현으로 이동을 하는 데는 문제가 없는 수준이었다.

홀로 움직인 덕인지, 등산현까지 오는 것은 금방이었다.

그 사이도 많은 서찰들이 날아왔다.

좋은 소식은 소수, 좋지 못한 소식이 다수다.

행방불명된 자들의 시체가 발견되었다든가, 전소된 피해액이 얼마라고 집계가 되었다거나 하는 내용이 많았다.

의방 사람들이 불안해하기도 한다 하고, 표국 사람들 중에서 그만둔 자들도 몇 있다고 한다.

잘될 때야 모두가 한마음 한뜻으로 움직일 수 있겠지만, 워낙 일이 많지 않았는가.

불안해서 떠나는 자들도 이해를 해야 했다.

또한 그럼에도 모집을 하면 새로 오는 자가 있다는 소식도 들어왔다.

이런 와중에서도 들어오는 자가 있다는 건 그래도 표국이나 의방이 성세를 유지하고 있기는 하다는 소리다.

"후우……."

부모님을 볼 꼴은 아니지만 그대로 운현은 경공을 사용하던 속도를 줄이지 않았다.

이통표국의 앞에 머무를 때까지 쭉 속도를 유지했다.

그리곤 표국에 도착을 하자마자 아는 이부터 찾았다. 다행히도 표국 앞을 지키고 있던 이들 중 표사 하나가 안면이 있다.

설마 운현에 대해서 모를 자가 있겠냐 싶지만, 표사들은 모두 운현을 알아도 운현은 표사들을 모를 수 있었다.

안면 있는 자가 일 처리하기엔 빠르니 그부터 찾은 게다.

"아버지는 계십니까?"

"안에 계십니다. 안 그래도 오시면 바로 들이라 말씀하셨습니다."

'아버지가 미리 말씀을 해 놓으신 거군.'

문이 자연스럽게 열렸다.

표국의 문이 볼일이 있는 자라면 쉽게 열어젖혀지는 문이라지만 꽤 빨랐다.

모두 상황이 급함을 아는 거다.

'바로 달려올 걸 아셨어.'

덕분에 운현은 한달음에 표국의 문을 넘어 안으로 들어설 수 있었다.

'어색하군.'

앞으로 확장될 것을 감안하여 하는 끝없는 증축. 그 덕분인지 지난 시간 동안 못 온 사이 표국은 또 달라진 느낌이다.

좀 더 커진 느낌.

상황이 좋지 못함에도 커지고 있다는 것은 불행 중에 다행이라는 소리다.

분위기가 그리 나쁘지 않은 게 중요했다. 국주인 이후원이 이 와중에서도 사람들을 잘 통제하고 있다는 증거다.

운현은 내심 조금은 안심을 하면서 표국의 중심으로 나아갔다.

아버지의 집무실이 있는 곳을 향해서다.

"오셨습니까? 바로 들어가시면 됩니다."

"기별은······."

"도련님에 한해서는 괜찮습니다."

타악—

문을 바로 열어 줬다.

"왔구나."

좋지 못한 것들이 쓰여 있을 게 분명한 서류의 더미.

그 안에서 한창 고개를 박고서 무언가를 일필휘지로 적어 가던 이후원이 고개를 들어서 운현을 바라봤다.

정갈한 성격 덕분에 의복이 상해 보인다거나 하지는 않았다.

겉으로는 분명 정갈한 성격 그대로다.

다만 정신적으로 피로감이 상당했는지 이후원의 눈가에는 검게 죽어가는 기색이 보일 정도였다.

표국에 나쁘지 않은 분위기를 만들기 위해서라도 국주로서 꽤 고생을 한 게 분명하다.

이 일에 대한 이야기가 끝나면 운현이 나서서 진찰이라도 해야 할 정도다.

"아버지. 다녀왔습니다."

"그래. 그래. 잘 왔다."

몸을 일으켜서는 운현에게 다가온다.

그리고선 운현의 어깨에 먼지라도 앉은 양 툭툭 쳐준다.

"고생했다. 고생했어……."

경공을 펼쳐 먼지가 앉을 새도 없는데도 그러했다.

이후원다운 애정 표현이다.

자식이 애써 돌아왔으니, 말로 따뜻하게 표현은 못 해도 몸으로라도 표현하는 게다.

살갑지는 못해도 따뜻하게. 어설프더라도 그답게.

아버지의 수고했다는 말에 그제서야 등산현에 돌아왔다는 기분이 드는 운현이었다.

어머니인 정미가 그 마음을 듣는다면 섭섭해할 만한 생각이다. 하지만 지금 중요한 건 당장 그게 아니었다.

이후원이 운현을 이끌고서 자리에 앉혔다. 그 또한 그 반대편에 앉았다. 자연스레 대화의 장이 만들어졌다.

처음부터 이것을 위해서 온 것이기도 했다.

"배신자가 있었더구나."

"역시 그랬군요."

배신자라.

이통표국에 배신자가 있기를 바라지는 않았지만, 여기까지 오면서 그 생각을 하지 못할 리가 없다.

천하의 제갈가에도 배신자가 있다는데 그보다 역사가 짧고 얕은 이통표국에 배신자가 없으랴.

그리 생각하는 거 자체가 안일했다.

어디나 있을 법한 게 배신자다.

이통표국처럼 급작스럽게 성장하면 배신자, 간자 같은 것들이 들어오기 더 쉬운 환경이지 않은가. 더더욱 쉬운 상황이니 오는 게 당연하다.

"예상했더냐?"

"모르면 바보겠지요. 애써 외면하고 있었을지도 모릅니다. 이통표국만큼은 그럴 일이 없을 거라고 말이죠."

"우리가 너무 이상적으로만 생각했던 것일지도 모르지."

"그럴지도요. 의방에도 찾아보면 분명 있을 법합니다. 확실히…… 그렇겠죠."

이후원의 말대로 이상적이었다.

사람을 골라 모은다고 해도, 그 사이에 충분히 간자가 낄 수 있는 법인데. 우리만큼은 안 그럴 거라 이상적으로 생각했다.

제갈가 지원당주 제갈민이 제갈가의 내부를 솎아내야 한다는 것에 걱정했듯, 자신들도 그래야 할 상황이다.

'복잡하게 됐어.'

하지만 예상하지 못한 바는 아니다.

또한 아버지 이후원이라고 해서 손만 놓고 있을 사람은 아니다. 그는 그의 자리에서 제 몫은 하는 자니까.

그러니 지금부터 생각하고, 실행해야 했다.

"두 가지를 해야 합니다."

"두 가지?"

"예. 그것도 확실히 해야겠죠."

등산현까지 달려오면서, 어쩌면 그 이전부터 미뤄왔던 일들을 해야 할 때가 왔다.

더욱 굳건해져야 할 때. 더욱 강해져야 할 때다. 개인이 아니라 표국, 의방 모두가.

第十二章
솎아내기

제일 먼저 해야 할 시급한 문제는 솎아내기다.

그 개인의 생각이야 어찌 되었든 운현이나 이후원으로서
는 선택을 해야 했다. 이 선택부터 하지 않으면 모든 것이 망
가지게 된다.

'믿을 자인가. 믿지 못할 자인가.'

표국이든 의방이든 홀로 운영을 할 수는 없다.

사람이 모여서 일을 하고, 사람이 사람을 이끌어 가는 형
태다.

표국은 표사, 표두로서 사람이 표행을 실행해야 하고, 의
방은 의원들이 환자를 돌봐야 한다. 그게 당연하다.

그러니 솎아내기를 할 수밖에 없다. 사람이 우선이니, 믿을 만한 자들과 함께 일을 해야만 했다.

지금까지야 개방이나 하오문에서 걸러 온 것으로 사람을 골라 뽑았다지만, 그 방법도 완벽하지 않다는 걸 깨닫지 않았는가.

그래도 다행인 점이 있다면.

"적어도 본래부터 있던 사람들은 믿을 만한 거 같습니다."

"그나마 믿을 만은 하지."

"그리 믿어야겠죠."

"허허……."

한일운 표두를 제외하고 나머지 셋의 표두. 장청. 고두원. 김우연.

이 셋은 적어도 믿을 만하다 말할 수 있었다.

표국이 어렵든 성세를 이루든 함께했던 자들이다. 낭인 출신들이기는 하지만, 그 출신이 호북이라 과거도 깔끔한 편이다.

김우연 표두야 조금 걸리는 바가 있지만, 결국 믿기는 해야 했다. 같이한 세월의 힘에 비는 거다.

그리고 남는 자들은 오래전부터 같이한 표사들.

삼십의 표사가 죽는 와중에 아주 오래전부터 표사 자리에 있던 자들 열이 당했다.

그들을 제해도 남는 자가 칠십은 됐다.

지금은 나이가 들어서 현역에서 뛰는 것보다는 표국을 관리하는 쪽에 발을 디딘 자들도 있지만 그래도 적은 수는 아니다.

현역으로 쓸 만한 자들만 추려도 육십이다.

이들도 전적으로 믿는다고만 말할 수는 없지만, 그래도 믿고 일을 진행할 수밖에는 없었다.

전부 안 믿어서야 이후원과 운현만 손해다.

둘만의 눈으로 모든 걸 할 수는 없다. 아무리 그 둘이라고 하더라도 만능은 아닌 것이다.

"이들 표사들이 주의 깊게 살피도록 해야겠지요."

"그건 이미 하고 있다. 하지만 숨기려고 드는 사람들을 그리 쉽게 찾을 수 있겠느냐?"

"알고 찾는 것과 전혀 생각지도 못한 것은 다르니까요. 지금부터라도 조금씩 예방은 할 수 있을 겁니다."

"좋은 일은 못 되겠구나."

모두가 같은 이통표국의 사람들이다.

그럼에도 완전히 믿을 수 없다니.

이후원의 말대로 분명 좋은 소식은 아니다. 하지만 시국이 이러하니 해야 할 일이기도 했다.

속이 쓰리더라도 내부에서도 서로가 의심 아닌 의심을 하면서 간자를 찾아내야 했다. 그리고 또한.

"아버지는 개방에 다시 재의뢰를 넣으시지요. 조사를 하기는 해야 하니까요."

"그래. 그래야겠지."

"저는 의방을 들르고 틈이 나는 대로 하오분도 들르노록 하겠습니다."

"그래. 그쪽은 네게 부탁을 하마."

외부에도 눈을 들일 거다.

기존의 표사, 표두들. 그리고 의방의 사람들까지도 모두 조사의 대상이 될 것이다.

이미 알고 있다 싶은 과거들도 남몰래 조사를 할 예정이다. 그리하다 보면 걸리는 자가 나올 수도 있다.

'사실 안 나올 확률이 더 높긴 하지……. 그들은 숨는 데도가 텄으니까.'

내외부의 시선을 두는 방법으로 안 나오더라도 상관은 없다.

이렇게 감시의 수단을 두는 것만으로도 혹시나 아직 남아 있는 간자들이 활동을 못하게 제한할 수 있는 수단은 분명될 거다.

그래도 역시 문제는 이마저도 임시처방이라는 거다.

"꽤 피곤한 일이 될 겁니다. 앞으로도요."

"허허. 믿음으로 가는 게 우리 표국인데……."

아버지인 이후원의 주름이 깊어진다.

지금의 성세가 아니라 그 이전부터 정으로 이어졌다 여기는 이통표국이 서로를 감시해야 할지도 모를 상황에 나오는 주름이다.

그의 속도 썩어갈 것이 분명하다. 그래도 현실은 인정해야 했다.

"그래도 해야겠지. 그러지 않으면 썩어갈 테니까. 이해는 하고 있다."

"다들 이해해 주기를 바랄 수밖에요."

"그럴 수밖에 없겠구나."

내부에 숨어 있는 자들을 솎아내려면 꽤나 오랜 시간이 걸릴 게다. 또한 시간이 걸린다 해서 느슨해져서도 안 됐다.

운현이 말한 두 가지의 실행 방안 중 첫째인 솎아내기가 이통표국에서부터 조심스레 실행이 되어 가고 있었다.

"잔뜩 홍역을 치르겠어. 홍역을……."

＊　　　＊　　　＊

언젠가 새어나갈 일이라 하더라도 최대한 은밀하게. 이번 일은 그리 진행을 해야 했다.

'조금 커진 건가? 허헛.'

거지 소굴 방죽 밑.

그 밑에 있는 거지들의 수가 한눈에 봐도 많아 보였다. 규모가 조금이지만 분명 커진 듯했다.

전에는 어딜 가나 있는 아주 작은 지부 수준이었더라면, 지금은 분타라도 된 것 같은 크기다.

이통표국이 발전하고, 그와 함께 등산현이 발전해 나가는 것만큼이나 크기를 키운 것이 분명하다.

역시 정보하면 개방이니.

등산현에 대한 정보로 미리 손을 쓴 것이 분명하다.

"커흠……."

"오셨습니까. 바로 안내해 드리겠습니다."

거지 중 하나가 나서 공손하게 읍을 올린다. 결이 두 개니 이결 제자다.

정식 제자여서 그런 건지 예를 갖춘 모습이었다. 이후원도 거만한 성격은 아니었기에 같이 예를 올렸다.

그에 거지가 황송하다는 듯 예를 받고는 급히 안내를 해 주었다.

거지 소굴이 거기서 거기라지만, 규모가 커지니 안과 밖의 구분이 있는 움막 같은 것들이 꽤 늘었다.

가만 보면 그 형태가.

'뻥 뚫린 듯해도 방비에는 좋겠군.'

그냥 세워진 움막들은 아니었다. 그들 나름의 방식으로 분타를 지킬 수단을 마련해 두는 게 분명하다.

"어이쿠! 오셨습니까!"

이성하다. 전에 운현이 봤을 때는 삼결이더니 벌써 사결이다.

'시간이 그리 지나지도 않았는데?'

어수선을 떨면서 이후원을 맞이하는 이성하지만 가진 바 능력이 보통은 넘을 게 분명하다.

그렇지 않고서야 저 젊은 나이에 벌써 사결일 리가 없다. 사결은 개방에서도 정예라 할 자다.

젊은 개방도가 사결 정도 되면 본래 등산현에나 있기보다는 개방의 중심에서 수련에 매진하거나, 큰 임무를 해야 할 자다.

그런 자이니, 이후원을 저리 수선을 부리며 대한다고 해서 방심해서는 안 됐다.

중원 거지 모두가 개방이라는 말이 있듯, 그 내부에서 경쟁을 해서 사결에까지 오른 자는 보통은 넘고도 남을 테니까.

이후원은 이결제자로 말미암아 풀렸던 긴장을 다시금 끌

어올렸다.

처음 개방에 왔었던 것처럼. 이통표국이 크기 이전 긴장을 했던 때처럼 긴장의 고삐를 조였다.

그리곤 포권을 하며,

"부탁드릴 게 있어 찾아왔습니다."

용무를 조심스레 꺼내었다.

그에 이성하가 손사래를 친다.

"아니, 아닙니다! 부탁이라니요!"

"표국이 어수선합니다. 달리 부탁을 할 곳이 없어서 왔습니다."

"아닙니다. 이미 들어 알고는 있었습니다. 저희가 제대로 일을 수행치 못해서지요. 저희 잘못입니다."

개방의 삼결 제자에서 얼마 전 사결 제자가 되었음에도 손사래를 치며 자신들의 잘못을 말하는 이성하다.

이번 표국행은 배신에 의해서 일어난 일.

표행 중의 이동 일정을 정확히 알고 공격을 해 왔다. 실종된 자들 중에서 아직 시체를 찾지 못한 자는 간자일지도 모른다.

여러 가지 확률이 존재했다.

실종된 자들 중에는 개방의 조사를 받거나 소개를 받아온 자들도 여럿이다.

그러니 그들의 책임이 아주 없다고는 할 수 없다. 의뢰금을 받고 의뢰를 했음에도 제대로 의뢰를 수행하지 못한 것이나 마찬가지다.

이후원이 조금만 더 독한 성격이었더라면 계약 파기를 말해도 할 말이 없을 거다.

의뢰 실패비는 통상 의뢰비의 세 배.

한 번의 의뢰가 아니라, 표국이 성장을 하며 지속적으로 의뢰를 넣었던 이통표국이다.

그 금액을 세 배로 물어낼 생각을 하면 정신이 아찔할 게다.

"제가 감히 개방의 대표는 되지 못하겠지만…… 그래도 이곳 분타를 맡게 된 자로서 죄송합니다."

그러니 이성하가 먼저 자신들의 잘못을 시인하고 치고 오는 거다.

잘못했다 말하지만, 적당히 봐 달라는 뜻이었다. 할 수 있는 한 최대한의 자비를 보여 달라 고개를 숙인 게다.

'허허…….'

어떻게 해야 할까.

예전이라면 상대도 안 해줄 개방이 사과까지 했다고 만족해야 하나.

그도 아니면 개방의 대표가 아닌 일개 사결 제자 중 하나가 사과를 하는 것에 불만이라도 가져야 할까.

어느 쪽이든 썩 마음에 드는 선택지는 없었다.

차라리 이럴 때는 같이 고개를 숙이는 게 낫다. 이후원도 고개를 숙였다. 이성하와 같이.

"개방이나 저희 표국이나 어쩔 수 없었던 것 아닙니까. 너무 이상적으로만 생각했겠지요."

"아닙니다. 저희가 제대로 임무를 수행해야 했습니다. 정말 죄송합니다."

저자세다. 이자는 끝까지 이런 저자세를 하고 있을 게 분명하다. 바보가 아니니까.

필요에 의해서 그리 고개를 숙이는 거다. 이후원이 고개를 숙이듯 그도 같은 이유로 계산하에 고개를 숙이는 거다.

결국 이건 수 싸움이다.

자존심을 한 번 죽임으로써 잃을 것을 최대한 잃지 않으려는 수 싸움. 각자 자신의 입장에서 자신의 것들을 지키고자 하는 몸부림.

이후원은 국주로서, 이성하는 개방의 제자로서다.

그것을 모를 이후원이 아니다.

그러니 고개를 숙였고, 다음으로 선택을 했다. 말 한마디에 천 냥을 담았다.

"허허. 언제고 일이라도 생기면 한 번 도와주시지요."

어차피 벌어진 일. 개방과 척을 질 거라면 모를까. 지금의 선택이 나았다.

빚이라도 지어두는 거다. 언제고 한 번은 도와달라고.

"하핫. 한 번 말입니까."

"예. 한 번이지요. 여러 번을 말해서야 되겠습니까."

이성하가 숙였던 고개를 들어 이후원을 바라본다. 먼저 선수를 친 거치고는 한 방 먹었다는 태도다.

그도 인간적으로는 미안하나, 개방의 분타주로서는 계산을 해야 하겠지. 무림이라는 게 단순히 돌아가는 곳이 아니니 그 정도는 이해해야 했다.

이성하의 계산이 금세 끝났다. 어느 쪽이 더 이득인지 저울질이 끝난 거다.

"여부가 있겠습니까. 언제고 도와드려야지요. 저희 측의 문제였지 않습니까."

좋아. 한 번은 됐다.

"허허. 시원시원한 결정이로군요. 역시 개방입니다."

"개방이라기보다는 저희 분타가 책임져야 할 일이었지 않겠습니까."

"그렇습니까?"

"예에. 그렇습지요. 그런 겁니다."

이성하가 몸짓 발짓까지 동원해 가며 아니라 말한다.

몸짓까지 동원을 하다니.

역시 개방 전체의 도움을 받는 건 무리였다. 대신 분타 수준에서는 도울 수 있는 거라면 도와준다는 뜻이겠지.

범위를 줄인 거다.

'역시 쉽지는 않군.'

하지만 이 정도로도 충분히 만족스럽다.

분타 수준이라고 해도 이성하는 척 봐도 무능한 자가 아니다. 이후원보다도 더 가능성이 큰 자라고도 할 수 있다.

이런 자에게 빚을 지워 둔다면, 자신이 아니더라도 나중에 자식들이 이 빚을 써먹을 수 있을 게다.

아마 이 빚을 사용할 확률이 가장 높은 자는 운현이 되겠지.

"그럼 이성하 대협만 믿겠습니다."

"대협이라니요. 아닙니다. 일개 개방 문하일 따름이지요. 그나저나 부탁이란 게 무엇인지요?"

이제부터 본론인가.

하지만 의외로 본론은 빠를지도 모르겠다. 단지 의뢰를 하고자 함이었으니까.

"예상은 하셨을 거라 생각합니다. 표국 전체. 지금까지의 모든 것을 다시금 조사해 봐야겠습니다."

"솎아내시려는 겁니까?"

"그렇지요. 내부에서 모든 게 되면 다행이겠으나, 어디 그게 쉬운 일이겠습니까? 개방에 의뢰를 하려 합니다."

"부탁이 아닌 의뢰인 것이로군요?"

"예. 의뢰입니다."

"흐음……."

개방은 이미 구멍이 한 번 뚫렸었다.

하지만 이들이라면 두 번 구멍을 뚫리지 않을 게다. 알고 당하는 것과 모르고 당하는 것은 다르니까.

게다가 이성하만 봐도 능력자니, 다시금 믿어 볼 법했다.

이성하가 고뇌한다. 다시금 잘해 낼 수 있을 것인가를 생각해 보는 것이겠지.

"좋습니다. 이번에야말로 만회를 해 보이겠습니다."

"그럼 부탁드리지요."

다시금 의뢰가 성립됐다.

* * *

바깥을 통제하면 다음은 내부.

이통표국 안 사람들을 통제해야 한다는 것에 시름은 깊어지나 달리 수는 없다. 해야만 할 일이다. 지금 머뭇거리면 언제고 큰일로 다가온다.

'이번 일들만 끝나면…….'

무당에서 돌아온 문환에게 표국을 물려주는 게 낫지 않을까.

그도 아니면 운현이 물려받아도 잘해 낼 듯하다는 생각이 그의 머리로 스친다.

무슨 일이든 끝까지 책임지려 하는 그가 이 정도로 고민한다는 것 자체가 내심이 복잡하다는 증거였다.

"표두들을 들라 하게."

"옛."

믿을 만한 자는 셋. 본래부터 이통표국에 있던 자들.

이들은 현재 표행도 나가 있지 않았다. 표행은 다른 이들이 나가 있는 터. 혹여나 일이 있을 때를 대비하여 남겨 놓은 게다.

어쩌면 무의식적으로 가장 믿을 만한 자들을 남겨 놓을 걸지도 모른다.

연의(演義)에서 도원결의를 맺었던 세 인물처럼, 등산현을 넘어 호북의 으뜸가는 이통표국을 만들자고 결의를 맺던 때가 엊그제 같거늘.

'세상 참 얄궂구나.'

이제는 믿을 만한 자들을 한 번쯤은 의심해 봐야 하는 상황이라니. 우습지도 않았다.

"다들 함께 오셨습니다."

"들이게."

덜컥—

문이 열린다.

여전히 무뚝뚝한 장청, 밝으면서도 나이를 먹어가면서 중후함이 더해지고 있는 고두원. 사나운 성격이 죽어가며 인자함이 만들어지고 있는 김우연.

이통표국에 있어 가장 핵심 인사들이라 할 수 있는 자들이 국주실에 들어온다.

이 셋이 들어오니 그나마 한결 마음이 놓이는 이후원이었다.

'불행 중 다행인가.'

결의를 할 때 그러했듯, 이들을 중심으로 표국의 고삐를 다시 죄어야 할 게다. 믿음직한 사람들로서 채워야 한다.

아들인 운현이 하는 준비가 모두 다 될 때까지는 그리 해야만 했다.

"왔는가."

무겁게 닫혀 있던 이후원의 입이 열렸다.

第十三章
호북의 난리

　언제나 국주의 말이라면 다 듣고 보는 고두원이다. 하지만 그도 이번 이후원의 말에는 고개를 쉽게 끄덕일 수가 없었다.

　그 내용이 문제였으니까.

　"보기 좋은 일은 확실히 아니로군요. 국주님."

　"하지만 어쩔 수 없는 일이기도 하지. 나도 속이 타는 걸 자네도 알지 않나."

　"그렇지요. 분명 이번 일은 표사들 내에서도 말이 많습니다. 그래도 의심암귀라는 말이 있잖습니까?"

　의심암귀(疑心暗鬼).

의심이 생기면 귀신이 생긴다. 의심하다 보면 대수롭지 않은 일까지도 두려워하게 될 수 있다. 불안에 떨게 되니까.

고 표두의 말도 분명 맞다. 그렇다 해도 이미 결정된 사항이다.

이 방법이 최선이다.

"사람을 솎아내다 보면 일보 후퇴해야 할 수밖에 없음을 아네. 표국이 난리를 겪겠지."

"보통 일은 아닙니다. 확실히."

"그래도 해야만 하지. 알잖은가?"

"이해합니다."

무뚝뚝하니 있던 장청이 나선다.

신중한 성격인 그답게 나름 가늠을 했을 거다. 그리곤 이후원의 뜻에 따르기로 한 게다.

"저도 마찬가지입니다. 배신자는 쓰레기로도 못 씁니다."

낭인 출신답게 표현이 세긴 했지만 김우연마저도 찬성했을 정도다. 강한 성격을 가진 그로서는 이후원의 방식이 마음에 든 듯 했다.

찬성을 한 셋이서 고 표두를 바라본다. 그만 허락을 하면 된다는 듯이.

"휴우……. 이거 꼭 어려운 건 제가 고르는 거 같습니다?"

"미안하네."

"국주님이 미안하실 게 뭐 있겠습니까. 이해합니다. 다만 내키지 않았을 뿐이지요."

"허허……."

사람 좋은 고 표두다.

지금이야 절정에 가까워지는 표두, 절정이 이미 된 표두들도 있지만 가장 처음 절정에 이른 자는 고 표두다.

이후원이 절정이 되기도 전에 운현이 던져준 화두로 절정이 됐었다.

더 높은 값을 받고 다른 표국으로 갈 수 있음에도 끝까지 남아 줬던 자다.

인정에 휘둘리고 인정에 사는 사람이란 뜻이다.

그런 사람으로서 같은 표국 사람들을 의심하는 건 힘든 일이겠지.

"해 봐야겠지요. 이 보 전진을 위한 일 보 후퇴라 생각하겠습니다."

"잘 생각했네! 잘 생각했어. 빠르게 움직여 보세."

"예. 마음이 도무지 안 내키니 끝내기라도 어서 끝내야겠습니다."

사람을 추릴 거다.

이후원이 믿음직한 사람들을 찾았듯이 이들도 진정 믿을 수 있는 자를 찾을 거다.

고 표두는 같은 문파 사람을, 장청이나 김우연은 같은 낭인 출신이더라도 확실한 자를 찾겠지.

그리 찾아서 의심스러운 자들을 하나둘씩 지울 거다. 남은 자들은 또 살펴볼 게다. 더 의심을 해야 하는지 아닌지를.

그러다 보면 걸러지는 자들이 나올 거다.

마지막 마무리는 개방도들이 해주겠지. 그들이 이번의 실패를 설욕하기 위해서라도 더욱 열심히 해줄 테니까.

또한.

'마지막은 결국…….'

운현이 나설 거다. 모든 준비가 되었을 때, 운현은 그만이 할 수 있는 방식으로 사람을 솎아내 줄 거다.

아주 확실하게.

* * *

운현이 떠나고, 두 형제는 제갈가 무사들과 잠시 함께 움직였다.

지원당주인 제갈민이 지원당 무사들을 데리고 떠났지만, 제갈현준이 이끄는 철지당 무사들은 돌아가지 않았으니까.

그들은 시독이 더 퍼지기 전에 남은 시체들을 없애기 위해서라도 호북에 행보를 두는 걸 택했다.

자신들의 근거지를 지키기 위함이라는 목적이 없지는 않을 거다. 그렇다 해도 그들이 하는 건 명백한 선행이다.

정파인다운 것이기도 하고.

그러니 명학이나 문환이 그들과 함께하는 것도 전혀 나쁘지 않았다.

"오늘도 고생을 했네."

"아닙니다. 대협이 가장 고생하셨지요. 먼저 들어가 보겠습니다."

"그러게나."

같이 행동을 하면서 무당의 무사로서 그들과 친분을 나누는 것 또한 좋았다.

문환이나 명학으로서는 어렸을 때 누구나 꿈꾸는 것을 이루고 있는 느낌이었다.

정파의 무공을 익히고, 정파인으로서 무림행을 하는 것.

그러면서 오대세가의 사람들이나 구파일방의 무사들과 함께 정을 나누고 의를 행함은 중원의 아이라면 누구나 꿈꿀 만한 것이지 않은가.

그것을 무당파의 무사로서 직접 행하고 있으니 그들의 가슴이 두근거리는 것도 당연했다.

그러니 마냥 좋은 면이 있었다.

상황이 돌아가는 게 좋지는 않지만, 젊은 혈기로 이 상황을 기회로 보는 것도 욕심만은 아닐 거다.

누구나 사내대장부라면 영웅이 되고 싶은 심리는 있는 법이니까.

하지만 이 호북행이 계속될수록 즐거워하는 문환과 다르게 명학은 표정이 어두워져 갔다.

"너는 계속 제갈가 무사들과 함께할 생각이더냐?"

"일단은? 같이 다녀서 나쁠 것은 분명 없잖아?"

"그래. 그건 그렇지."

문환의 말에 인정은 하면서도 명학의 어두운 표정은 펴질 줄을 몰랐다.

"너는 그렇다면 여기 무사들과 함께하도록 해."

"그럼 형은?"

"무당으로 돌아가 봐야 할 거 같다."

어째서인가?

명학의 발언에 왜인지 모르겠다는 의문 어린 표정을 띄우는 문환이었다.

"스승님께 연통을 보낸 지 벌써 시간이 꽤 흘렀다. 알겠지?"

"물론."

표국에 배신자가 있다. 의방도 있다. 제갈가도 있음이 밝혀졌다.

그렇다면 무당은? 그들이라고 해서 없을까. 해서 운현이 떠나자마자 연통을 보냈다.

운현이 떠나간 지 벌써 꽤 시간이 지났다. 지금쯤이면 등산현에 도착해서 동생인 운현은 뭔가 하더라도 진즉 하고 있을 거다.

그렇다면 연통은?

전서구를 통해서 간 연통은 분명 빠르게 도착했을 거다. 운현보다도 더 빠르게.

그런데 그 뒤로 자신들의 스승은 답이 없다.

진즉에 답이 와야 함에도 불구하고 오지 않고 있다는 게 뭘 뜻하는 걸까. 좋은 소식은 아닐 거다.

'어떻게든 시간을 벌려고 간자가 서찰을 가로챘을 수도 있겠지.'

아니면 스승에게 변고가 생겼거나. 또 그도 아니면 무당 전체에 난리가 났거나 했을 게 뻔하다. 작은 일은 아닐 거다.

그나마 확률에 걸고 싶은 건.

"전서구가 당하지는 않았겠지? 매라든가……."

"제갈가에서 제대로 훈련받은 놈이었어. 그럴 리가 없지."

"하……. 그렇겠지."

문환의 말대로 차라리 전서구가 중간에 매에게라도 공격

을 받았다면 사정이 나았다. 하지만 그럴 리가 없다.

싸구려 전서구라면 모를까.

명문 문파에서 키운 전서구는 오랫동안 제대로 된 놈만 키운 것들이다. 훈련도 보통 이상으로 돼 있는 터.

그런 것이 매에 당했을까?

장거리도 아니고 호북에서 호북으로 이동을 하는 거다. 고작해야 몇 개 현 정도를 날아서가는 거다.

확률이 낮다. 문환으로서는 괜한 흰소리나 하게 된 셈이다.

"역시 무슨 일이 있는 거로군."

"그렇겠지. 아니, 확실히 그럴 거다. 호북 자체가 난리가 났으니까."

뒤늦게 찾은 곳은 시독도 퍼졌다 한다.

그러고도 더 시체가 있을지 몰라 시체를 찾아 호북 무사들이 쏘다니고 있다.

암중 조직도 찾아야 했다. 갑작스럽게 사라진 자들을 찾아서 그들을 심문도 해야 했다. 강시들은? 더 있을지도 모른다.

호북이라는 성, 이 하나에도 산재된 일이 많아도 너무 많았다.

"그렇다면 나도 돌아가는 게 맞지 않아?"

"아니. 너는 여기서 파악을 해야 할 거 같다. 실제로 느껴보는 것도 좋겠지. 너는 수련행도 제대로 못 했잖아?"

"형은?"

"나는 한 번이면 됐다. 동생들을 그리 고생시켰는데, 내 욕심을 더 채워서 뭐할까."

"하⋯⋯."

이래서 첫째는 다르다고 하는 걸까.

언제나 첫째 명학은 이래 왔다.

능력은 운현보다 떨어질지라도 그만큼 노력했다. 재능을 노력으로 메꾼 것이다.

그러면서도 천재로 불리는 운현을 질투하기는커녕 그 누구보다 자랑스러운 동생으로 대하며 감싸 안았다.

그는 언제나 형다웠다. 그런 형이 이번에는 둘째인 자신에게는 계속하라 말하면서 자신의 수련행조차도 도중에 그만둔다 한다.

형다운 희생이다.

'마음에 안 들어.'

밝은 성격의 문환이라 해서 이 상황이 마음에 들 리가 없다. 하지만 이미 명학이 고집을 세웠다.

그가 고집을 세우면 천하의 스승이라고 하더라도 말리지 못한다. 누구보다 강한 고집을 가진 게 명학이다.

누구 하나는 돌아가야 하는 상황에 문환도 인상이 어두워진다.

"인상 펴라. 나쁜 일 하러 가는 것도 아니잖느냐?"

"마음에 안 드니까."

"그래도 누군가는 해야 하는 거다. 그게 이왕이면 나고. 그리고 문환아."

"어."

"많이 친분을 쌓아 놓거라. 많은 사람을 겪고, 경험해. 적어도 너는 다시 돌아가야 하지 않느냐?"

그것까지 생각을 했던 건가.

표국을 이어받기 위해서가 아니더라도 명학과 문환 둘 중 하나는 돌아가게 되어 있다.

속가제자가 아닌 정식제자가 됐다지만 그래도 완전히 도인이 된 것은 아니어서 가능한 일이다.

둘 중 문환이 갈 확률이 높은 건 누구나 다 알았다.

"많이 쌓아 둬야 써먹을 수 있을 거다. 도인 될 사람이 그런 말을 해선 안 되겠지만, 알지 않느냐?"

"……."

문환은 명학이 무당의 사람이면서 동시에 가족으로서 최선의 선택을 하려 한다는 걸 깨달았다. 자신이 돌아감으로써 그리 하려는 거다.

그러니.

"알겠어. 대신에 가서 무슨 일이 있더라도 무리 말고."

"염려 마라."

"가다가 또 칼침 맞지 말고. 운현이 또 올지도 모른다고?"

"크흠…… 그건 잘해 보마."

명학이 다시 무당으로 돌아가게 됐다.

무당으로의 그의 귀환이 과연 무당에 어찌 작용할지는 두고 볼 일이다.

                    *   *   *

운현이 떠나고 나서 그 다음날 움직이던 지원당주 제갈민의 행동력은 확실히 높이 살 만했다.

제갈소화도 마음 같아서는 운현을 따라가고 싶어 했으나, 상황이 상황임을 알기에 아버지와 함께였다.

부상자는 이미 돌아간 지 오래. 채 스물이 좀 넘는 일행이다. 삼십이 되는 지원당 무사들의 수가 줄어든 거다.

그래도 초라하지만은 않았다.

소기의 성과가 있었으니까. 초라하면 그게 더 이상한 일이다.

다만 성과가 있었어도 아직 해결해야 할 일들투성이다. 신경이 쓰이며, 앞으로 신경을 더 써야 할 일들 투성이다.

깊은 시름에 잠겨 있던 와중에 딸을 바라보며 제갈민이 물었다.

"이 방법이 맞다고 생각하느냐? 그때. 입을 막았더라면 차라리 나았을까?"

"아뇨. 그렇다면 아버지는 더 정파인답지 못했겠죠."

그는 그때 팔괘진을 발견하고 했던 자신의 행동을 아직도 마음에 두고 있는 듯했다. 무슨 수를 쓰든 입이라도 막았어야 하지 않나 싶은 듯했다.

독한 마음을 먹는 자였더라면 살인멸구라도 마다하지 않았을 거다.

제갈가의 무사들 중에 변절자가 있을지도 모른다는 사실은 아무리 운현이라도 알지 말아야 할 사실이었는지도 모른다.

그래서 제갈민이 고민하는 거다. 그때 막았어야 하지 않았는가 하고.

허나 그 고민마저도 제갈소화가 보기에는 쓸데없는 후회다.

"정파인이라…… 정파가 깨끗하지만은 않지 않더냐?"

"그건 제갈가 지원당주가 할 말은 아닌 거 같지 않아요?"

"그도 그렇다만. 현실이지. 현실."

세상은 이상적으로 돌아가지 않는다. 깨끗하지만은 않다. 다만 이상적으로 돌아가게 만들려는 자들만이 있을 뿐이다.

적어도 지원당주 제갈민은 현실적이면서 또한 이상을 추구하는 자였다.

그러니 그의 선택은.

"아버지다웠죠."

제갈소화의 말대로 그다웠다. 그는 그다운 선택을 했기 때문에 딸의 존경을 받을 수 있는 거다.

"돌아가면 할 일이 많을 거예요. 아버지는 당장 제갈가 내부를 배고픈 승냥이처럼 다 뒤져야할걸요?"

"허허. 굶주린 승냥이라니. 딸이 아버지에게 하는 표현치고는 표현이 저렴하구나."

"하지만 사실이기도 해요. 얼마나, 몇 명이나 배신을 했을지는 모르니까요."

제갈민이 돌아가게 되면 제갈가 내에서 피가 흩뿌려지게 될 거다.

같은 제갈가의 무사를 자신의 손으로 베어버려야 할지도 모른다. 악귀가 되어야겠지.

지금 당장 만들어지는 피의 희생을 발판 삼아 제갈가라는 명문가가 더 오래 갈 수 있도록 해야 할 테니까.

그런 짓을 자신의 손으로 해야 했다.

"정말 그래야 할지도 모르지. 이 아비가 승냥이라. 허허……."

"차라리 그게 나아요. 가주님은 가주님대로 또 문제잖아요?"

황녀가 와서 시켰던 일이 있다. 암중 조직을 처리하기 위해서 시켰던 일이다. 말이 협조이지 가주로서는 꽤 큰 임무가 됐다.

운현이나 제갈소화가 나서 해결한 것도 있지만 완벽한 해결은 아니다.

그걸 해결하기 위해서 제갈가주가 매달려 있다. 그래서 지원당주인 제갈민이 손에 피를 묻혀야 하는 것이고.

톱니에 맞춰진 톱니바퀴가 구르듯이 일이 주어진 거다.

"가문에 돌아가는 길에 이리도 거부감이 느껴지는 건 처음이구나."

"저도 의방에서 올 때는 그랬다구요. 차라리 의명 의방의 총관이 제 천직일지도요?"

제갈소화의 농담을 제갈민이 진지하게 받아들인다.

자신의 딸이 운현에게 어떤 눈빛을 보내는지 이미 알고 있기에 더욱 진지했다. 진실 된 마음이란 그 무엇보다 무거우니까.

"녀석. 아비 앞에서 못 하는 말이 없구나. 이번 일만 끝나면…… 내 주선을 해 보마."

"……."

제갈소화의 얼굴이 푹하고 빨개진다. 부끄러운 것이겠지.

'녀석……'

어리기만 하던 아이가 다 커서 연모하는 사내도 생기다니.

당연한 일이지만, 언제나 품에 있을 것 같은 딸이 품에서 떠나려 하는 것도 섭섭할 수밖에 없는 일이다.

그럼에도 그가 본 운현은 풋내기 같은 젊은이들보다는 훨씬 나은 자였으니 다리를 놓으려 하는 것도 무리는 아니다.

대신에, 그도 받을 건 받아야 했다.

"그러니 가서는 이 아비 좀 돕거라. 일이 어서 끝나야 다리도 놓지 않겠느냐?"

"……그건 안 돼요."

"또 왜?!"

이놈의 딸은 도무지 쉽게 말을 듣는 법이 없다!

하지만 조심스레 들려오는 딸의 전음에 제갈민도 화를 가라앉힐 수밖에 없었다.

[호북 바깥을 신경 써야 해요. 저라도요.]

"……."

딸이, 지원당주인 자신 이상의 식견을 가지고 있었다.

'좋아해야 할는지. 싫어해야 할는지를 모르겠구나.'

너무 능력이 좋은 딸이 아닌가.

여느 아버지가 그러한 것처럼 괜히 딸을 어딘가로(?) 보내기는 싫은 제갈민이었다.

운현은 받을 생각도 없는데도!

＊　　　＊　　　＊

호쾌해 보이는 인상과는 다르게 사특하기 그지없는 눈.

나이를 먹는다면 자연히 행동에 무거움이 깃들어야 할 텐데도 이자는 아이와도 같은 가벼움이 있었다.

홀로 세상을 희롱한다고 여기는 듯 살아가는 자.

때로 이런 자들이 세상에서 가장 위험한 자들이기도 했다.

아무런 죄책감 없이, 남들은 추악하다 여기는 죄악을 너무도 쉽게 일으키곤 하는 자들이니까.

처음에는 작은 자극에서부터 시작하여 다음에는 더 큰 자극으로.

그다음에는 세상 사람들이 모두 알 만한 자극에까지 도달하려 하는 자들이 바로 이런 자들이다.

향성문 문주 탁운이 그러했다.

"흐…… 이 몸이 직접 와야 하다니."

불만이 가득한 듯 뱀처럼 혀를 쭈욱 내밀고서는 자신의 턱 아래를 핥아보는 그다.

작은 빛에 의지해서 어두운 암굴을 들어감에도 그의 발길에는 거침이 없었다.

"퉷. 시체 냄새가 짙어졌군. 여기까지 나다니. 또 어디서 한 건 한 건가?"

발을 디디는 곳이 그리도 마음에 안 드는가. 암굴을 나와 분지가 보이자마자 걸쭉하니 침을 내뱉는 탁운이다.

딱 그 순간 짙은 살기가 그를 덮쳐 온다.

감히 자신들이 머무르고 있는 곳에 침을 내뱉는 게 마음에 안 드는 거겠지.

"더 안 하지. 갈 길 갈 테니 그만들 하지?"

침묵이다. 하지만 답은 했다. 살기가 조금은 죽었다.

'역시 마음에 안 든다니까.'

이곳에 오는 것 자체가 싫었지만, 그는 어쩔 수 없이 와야 했다.

필요했으니까. 필요가 있으니 왔을 뿐이다. 하지만 자기 마음대로 되지 않는 것엔 역시 짜증을 느낄 수밖에 없다.

"왔나."

"웃. 놀라겠소이다."

긴 수염을 기른 중년인이 갑작스레 모습을 드러냈다. 감이 좋은 탁운으로서도 그가 오는 걸 깨닫지 못했다.

'은신이 기가 막히단 말이지.'

탁운의 놀람에도 그는 아랑곳 않고 용건을 말하라는 듯 가만히 쳐다볼 뿐이다.

"그래. 이번에는 기별을 넣고 왔소. 그런데도 살기가 뿜어지더군?"

"네가 한 일이 있으니까."

단지 침을 뱉었을 뿐인데, 그걸 파악하고 있었던 건가? 아니면 여길 오면서 쌍소리를 해댄 걸 파악한 건가.

어느 쪽이든 탁운 자신도 모르는 사이에 감시를 당한 셈이 된다.

'더 강해져야 돼.'

서로가 서로의 이해관계가 맞아 떨어져 이용을 하는 관계가 둘의 관계다.

그런데 한쪽이 급격히 약하다면? 당장은 별일이 없겠지만 언젠가는 먹혀 버린다. 그게 사파의 생리다.

곱게 수염을 기른 중년 사내는 사특한 기운을 뿜으면서도 묘하게 사파인답지 않기는 하지만 그래도 조심해야 했다.

사파무인 그 이상의 음습함이 존재했으니까.

조심해서 탈이 날 일은 없다.

"용건부터."

"대체 얼마나 걸리는 거요?"

"무엇이?"

"남궁가 무사."

탁운이 남궁가 무사를 중년에게 건네어준 바가 있기는 했다. 운현이 호남에 왔을 때의 일이니 꽤 된 일이다.

"선물이라고 하지 않았는가?"

"선물이었지요. 하지만 상황이 재밌게 됐잖습니까?"

"재미라……. 나와는 상관없는 일이지."

시체 더미가 아니고서야 그가 흥미를 가지는 일은 별로 없을 거다. 탁운도 그 정도는 안다.

그렇다면 시체 더미를 안겨 주면 된다. 남궁가 시체 하나를 이용해서 시체 더미를 얻는다면 그것만큼 남는 장사도 없지 않은가.

탁운이 자신 있게 내뱉었다.

"그럼 다른 상응하는 선물을 줄 터이니. 어서 만들어 주시오."

"상응하는 것?"

"시체 더미. 호북 무사들의 시체면 꽤 흥미롭지 않겠습니까?"

걸렸다.

탁운은 중년 사내의 눈빛을 분명 읽었다. 눈에 광기가 스쳐 지나갔다. 흥미가 돈은 게다. 이 미친 시체광이!

이럴 때 밀어 붙여야 했다.

"내가 선물을 할 때 하품이라 하지 않았소? 상품으로 더 미째 갖다 주지!"

"흐음……."

조금만 더. 아주 조금이면 된다.

"어떻소이까? 내 약조를 하리니……."

"좋네. 대신 기다려. 네가 원하는 것에 쓸 만한 꼭두각시로 만들어 줄 터이니."

"호오…… 꼭두각시?"

"하품을 상품으로 만들어 주지."

"좋소이다. 본래 맛있는 건 천천히 음미해야 하는 법이니. 내 얼마가 되든 기다리지!"

사특한 자와 사이한 자가 만나 일을 꾸미고 있었다.

第十四章
타인의 방식

모두가 바삐 움직일 때, 그 대열에 운현도 참가하려 했다.

언제나 그렇듯이 자신의 방식으로.

자신의 방식대로 일을 하는 게 그에게는 가장 잘 맞았다. 하지만 반대가 있을 줄이야.

의방의 한 켠에서 운현의 큰 목소리가 울려 퍼진다.

"아니 왜요!? 그럴 필요가 있겠습니까."

"당연한 것 아닙니까. 이번만큼은 제 말을 들어주시죠."

의외의 반대자는 학사 한울이었다. 운현이 하는 일이라면 무엇이든 찬성하고 보는 그가 이럴 줄이야.

운현으로서는 배신을 다 당하는 기분이었다.

"신의님이 하려는 것을 하지 말라고 하는 게 아닙니다. 시간을 조금 할애해 달라는 거지요."

"상황이 안 그럴 때가 아니잖습니까? 일단은 집중을 하는 게……."

연구를 하고자 했다.

기운을 실을 수 있게 되었으니 오행환에 대한 연구를 하고, 여기에 더해서 그동안 미뤄 왔던 무공에 대한 연구를 하려 했다.

아버지인 이후원과 말한 두 개의 방안 중에 하나가 믿을 만한 자를 솎아내는 거라면, 다른 하나는 실질적 힘을 길러 내는 거니까.

안 그래도 해야 할 일이 밀려 있었다.

영약이야 그렇다 쳐도, 이미 가지고 있는 무공만 하더라도 연구를 미뤄 둔 것투성이다. 흑점에서 구입한 것들만 해도 꽤 있을 정도다.

'당장 심공부터가 급한데.'

파류역행공의 묘체를 넣어 그 속도를 올린 삼위일환공만 하더라도 이미 배우고 내공을 쌓기 시작한 애들이 꽤 된다.

여기에 그가 얻어 온 기운에 대한 깨달음을 녹이기만 하면 더 쓸 만한 내공심법이 될 거다.

어쩌면 선천진기와 관련된 심공으로 만들어 낼 수도 있다.

그리되면 속도는 느리겠지만, 의원이 될 아이들과 이미 있는 의원들은 꽤 도움이 되겠지.

이 밖에도 가진 무공이 무려 넷.

경공인 운영보에 환위원창의 창술이라든가, 일검무흔이라는 검술, 삼흔참살도라는 도법도 있을 정도다.

모두 흑점에서 구입을 해 놓은 것들. 아이들을 가르치기 위해서 구해 놓고는 막상 제대로 연구를 하지 못한 것들이다.

의방 내에 무공 스승을 맡은 무사들이 있다지만 이 무공들을 연구해서 잘만 사용하면 도움이 될 건 분명했다.

그런데도 한울은.

"하지 말라고 말씀드리는 게 아니지 않습니까. 적어도 오전만큼은 진료를 맡아주셔야 합니다."

제갈가로 돌아간 제갈소화를 대신해서 총관직을 맡더니, 여간 깐깐해진 게 아니다.

본래부터 이런 성격인 줄을 몰랐는데 당하고 나니 참으로 대단한 깐깐함이다.

하기야 이 정도로 깐깐하니까 무공도 안 익힌 몸으로 적벽현에 가서 의방의 지부를 잘도 금방 세웠을 거다.

"대체 왜입니까?"

"이곳이 의방이기 때문입니다. 신의님의 의방이지요."

"그건 압니다만……."

자신이 없어도 의방은 잘 돌아가고 있지 않은가, 라는 뒷 말은 집어 삼키는 운현이다.

그의 본질은 의원.

비록 아직 부족한 것투성이지만 그의 이름으로 사람들이 몰려드는 건 사실이다.

"그러니 해 주셔야 합니다. 이럴 때일수록 신의님이 건재 하다는 걸 보여주셔야 합니다."

"건재요?"

"예! 적벽현 의방의 소식이 들어온 지 오랩니다. 여기까지 도요. 아시잖습니까?"

"그렇겠죠."

적벽현 의방이 무너진 사건은 그곳 적벽현에서도 꽤 큰일 인 걸로 알고 있다.

덕분에 한울이 자신이 없을 때 추진하던, 다른 현에 의방 을 확장하던 일도 잠시 정지가 되었다던가?

의방 내부에서도 타격이 없지는 않은데, 일이 퍼지는 것은 순간이 될 게다. 등산현에 금방 소문이 크게 돌겠지.

'이해가 가는군.'

기세를 몰아야 한다는 듯 한울이 재촉을 해왔다.

"적벽현에도 의방을 다시 재건을 하기는 하겠지만 시간은 걸리겠지요. 아시잖습니까?"

"휴우. 그래서 해야 한다는 거군요? 제가 문제가 없어 보여야만 하니 말이죠."

"예. 그래야 의방이 흔들리지 않음을 대외적으로 보일 수 있을 테니까요."

의방의 중심자이니 중심으로서 꿋꿋함을 보여야 한다는 소리다.

한울은 의방 내부에 있는 자, 의방을 찾는 자들도 내색은 않고 있어도 흔들리고 있음을 감지한 게다.

그러니 그 흔들림을 막기 위해서는 운현이 나서야 한다고 보는 것이겠지.

맞는 말이다. 지금에 와서 아니라고 하기에는 힘든 일이고.

"그럼 당장 내일부터는 그리하도록 하겠습니다."

"좋습니다. 준비를 해놓도록 하지요."

"예. 그럼 저는 잠시 볼일을 보러……."

"아, 그리고 연화님은 이미 불러놓았습니다. 대화가 길어질 듯해서요."

"……깐깐하기는."

"예?"

"아닙니다. 아무 말도요."

제갈소화는 총관으로서 맞춰주는 감이 있었다. 내조를 하는 여인처럼 운현이 자기 할 일을 할 수 있도록 만들어 주던 게 그녀였다.

　하지만 한울은? 아무리 봐도 무리다.

　앞으로 그의 마음대로만 의방을 할 수는 없는 듯했다. 게다가 그 명분이라는 게 다 의방을 위한 명분이지 않은가.

　좋든 싫든 들어야만 하는 게 분명하다.

　"그럼 가 보겠습니다."

　"예. 연화님은 서가에 가시면 계실 겁니다. 그리고 신의님."

　"예?"

　서가로 가려던 운현이 고개를 돌려 한울을 바라본다.

　"다 들었습니다. 제대로 깐깐함이 무엇인지 제대로 보여 드리겠습니다. 후후."

　"웃……."

　어쩌면 천적을 만난 건지도 모르겠다는 생각을 하는 운현이다.

*　　　*　　　*

　타악—

'제갈 소저가 벌써 그립군.'

문을 열고 나서자마자 운현이 한 생각이었다.

이제는 서재로 가야 하는 건가. 아버지가 움직였듯이 자신도 움직여야 할지도 모른다. 의방이라고 해서 안심할 수는 없다.

오히려 첩자를 심기 더 쉬울 수 있다.

'무공을 안 익힌 자를 심어도 되니까.'

이 의방이라는 것 자체가 여러모로 관련된 자가 많으니 어쩔 수 없는 일이다.

그래서 하연화를 봐야 했다. 아버지가 개방에 일을 맡겼듯 자신은 하오문에 일을 맡겨야 하니까.

그러니 어서 서가로 가야 하는데.

"신의님!"

문을 나서자마자 자신을 부르는 연화가 있었다.

아마 기다리다 지겨워서 이곳으로 먼저 움직여 왔을지도 모른다.

"엇? 나오셨던 겁니까?"

오랜만에 본 그녀는 여전히 아름다웠다. 연화라는 이름에 어울리게 더욱 아름다운 꽃이 된 듯했다. 이쯤이면 그만 아름다워져도 될 텐데.

계속해서 흐드러지게 필 줄이야. 천상 타고난 꽃이다.

"오래 걸려서요. 무슨 일이라도 있는가 해서 왔어요. 먼저 왔어요. 괜찮죠?"

"예. 연화 소저 아닙니까. 그 정도야 괜찮죠."

"그런데 무슨 생각을 하고 계셨던 거예요? 제가 다가올 때까지도 모르시고."

"아. 그게······."

왠지 제갈소화를 그리워했다고 말을 하면 안 될 거 같다. 그리 말하면 목숨이 위험할 느낌?

살기가 없는데도 확신이 든다.

"아하하하······."

괜히 어색한 웃음을 지어 보이는 운현이다.

"핏. 무슨 생각을 하셨는지는 알 거 같지만 넘어가 줄게요."

"그러시다면야······."

"역시! 여자 생각 한 거였군요. 흐응······."

여자의 감이란.

낚였다.

*   *   *

한동안의 소요.

'안 보던 사이에 뭔가 변한 느낌이네.'

제갈소화만 하더라도 아버지인 제갈민과 있을 때는 총관일 적보다 활발한 성격으로 변해 있지 않았던가.

하연화도 안 보던 사이 어떤 심적 변화가 있었는지 분명 변해 있었다. 그녀는 뭔가 적극적으로 변한 거 같았다.

운현으로서는 약간 당황스러울 정도다. 그래도 결국에는.

"진짜로 이번만 넘어가 줄게요."

라는 말을 듣는 걸로 넘어갈 수가 있었다.

자고로 영웅호걸은 여인을 마다하지 않는다는 말이 있지 않은가. 차라리 여인들이 있으면 그녀들을 휘어잡기라도 하면 좋으련만.

'휘둘리는 거 같단 말이지.'

어떻게든 더 이상 여자한테 휘둘리지 않아야겠다고 결심을 하며, 본론으로 들어가기 시작하는 운현이었다.

"이번에 제가 뭘 부탁할지 예상은 하고 있을 거라고 생각합니다."

"의뢰를 하실 거죠?"

"예. 그러려고 합니다. 다행히 이번 사건들에서 하오문에서 소개한 자들이 문제를 일으키지 않은 건 압니다."

"불행 중에 다행이었죠. 있었더라면…… 휴. 생각도 하기 싫네요."

개방에서 소개한 자들 중에 문제를 일으킨 자들이 많다. 그러니 개방에서는 미안해할 일이나, 하오문으로서는 의뢰를 잘해 냈다고 할 수 있다.

하지만 딱 거기까지다.

하오문의 소개로 온 자라고 해서 무조건 믿고 안심할 수는 없다. 개방에서도 있던 구멍이 하오문이라고 없을 리는 없으니까.

"정말 다행이긴 합니다. 그래도 의뢰는 하기는 해야겠습니다."

"이해해요. 이미 있는 분들에 대한 재조사 정도면 될까요?"

"예. 거기에 더해서 다른 하나를 더해 주셨으면 합니다."

"음? 뭐죠?"

가만히 있던 운현이 주변을 살핀다. 기운까지 일으켜, 주변의 기운을 읽는 것도 물론이었다.

혹시나 하는 것을 다 막아두고서는 그가 조심스레 말을 꺼냈다.

"……환화세공이란 무공을 아십니까?"

"환화세공요? 금시초문이에요."

유명하지는 않은 무공인가. 새로이 생긴 무공? 어느 쪽이든 알 수가 없다.

그럼에도 찾아야 했다.

"역시 그렇군요. 그들이 사용하는 무공의 이름이었습니다. 그러니⋯⋯."

또 다른 실마리를 찾아야 했다.

환화세공이라는 단 네 글자지만 무인에게 있어서 무공이란 중요한 것이 될 수밖에 없다. 그들의 모든 것이니까. 무공 외에 다른 것이 무인의 모든 것이 될 수는 없다.

'그 조직이야 대의인가 뭔가로 좀 다른 거 같기는 하지만⋯⋯.'

어쨌든 실마리라면 실마리다.

어쩌면 이 실마리가 다시 몸을 감추고 있는 그들의 가장 큰 실마리가 돼 줄 수도 있다.

"⋯⋯정말 중요한 일이네요."

"예. 그러니 부탁드립니다. 혹여나 개방에도 말을 안 했습니다. 이해하시겠죠?"

"제 선에서 찾아 달라 말씀하시는 거군요. 하오문 전체가 아니라요."

연화의 말에 운현이 고개를 끄덕인다.

오로지 믿을 만한 사람. 일이 조금 느리게 진행이 되더라도 믿지 못할 자에게는 일을 맡길 수 없다.

그것이 현재 그의 방침이니 연화와 몇 명 안 되는 존재를

시켜서 환화세공의 실마리를 찾아야 하는 셈이다.

힘든 일이 될 수밖에 없다. 위험할 수도 있는 일이다. 그럼에도 해야만 했다.

"할게요. 아니 해야죠."

"최대한 조심하셔야 합니다."

"예!"

실마리가 그녀에게로 건네졌다.

*   *   *

적당한 한담을 한 뒤 그녀를 보내고서는.

"휴우. 이제 슬슬 금세 할 일은 한 건가."

그제서야 자신만의 공간에 들어왔다. 그만의 연구실. 혹은 그만의 집무실이라 할 수 있는 곳이다.

누군가 관리를 한 건지 오랜만에 왔음에도 먼지가 쌓이거나 하지는 않았다.

'그래도 물건 배치는 기억 그대로군.'

꽤 조심스럽게 관리를 해 준 거 같다.

관리가 잘되어 있으니 당장 움직여도 문제는 없을 듯했다.

"보자. 우선은…… 오행환부터 제 연구에 들어가야 하는 건가."

오행환.

그가 어린 시절부터 내공심법의 효율성을 높이기 위해서 만든 내단. 처음 만들어진 이후부터 지금에 이르기까지 계속 해서 개량을 한 영약.

만들어질 당시에는 무림에 있는 흔한 영약이었는지도 모르지만, 지금에 이르러서는 그럭저럭 쓸모 있는 내단은 됐다.

여기에 운현의 깨달음이 들어가게 된다면 어찌 될까.

"당장 기운만 주입해도 몇 배는 더 강해지겠지."

대신 계속해서 운현의 손이 가기는 할 거다.

의방이나 표국의 힘을 위해서 그런 수고를 마다할 생각은 없다.

계속해서 기운을 주입하기는 할 예정이었다.

하지만 기운을 주입하는 거 외에도 그의 깨달음을 담는 방법이 분명 있을 거다. 없으면 방법을 만들어 내야겠지.

"흐음…… 전의 천지(天地)의 기운을 담는 방식을 활용해 볼까나. 아니면 오행의 상성? 충돌?"

떠오르는 건 많았다. 그간 하지 않은 만큼 쌓아 둔 것이 많으니까.

그 떠오르는 걸 이제부터 시험해 봐야겠지.

금세 만들어 낼 거다. 그니까.

그리고 그리해야만 했다. 상황이 시급하니 어서 움직여야
할 게다.

*　　　*　　　*

어두운 암굴 안.

그 안에 이런 넓은 공간이 있을 거라 누가 생각이나 했을
까. 그 넓은 공간을 지나 들어가면 다른 산줄기와 연결이 된
다.

산과 산이 연결되어진 동굴. 그 끝에는 끝없이 많은 암굴
들이 있었다.

그 크기도, 위치도 들쑥날쑥하기는 하지만 어지간한 사람
하나 들어가 쉬기에는 충분해 보였다.

굉장했다.

희귀하기는 하지만 분명 자연의 경이가 만들어 낸 광경이
다.

그 안을 활용하는 자들이 있었으니, 그들은 세상에 정체
를 밝힐 수 없는 자들이 분명했다.

보통의 사람이라면 아무리 경이로운 공간이라고 하더라도

결코 이런 곳에 주거지를 두지는 않을 테니까.

꽤 많은 이들이 생활을 하는 듯 늦은 시간임에도 불구하고 불이 켜져 있는 암굴이 꽤 여럿이었다.

그중 한 암굴은 특히 그 빛이 밝았다.

하나의 암굴이지만 주변에도 빛이 보일 것이라고 보일 정도로 빛이 밝은 편이었다.

암굴 안에 있는 자가 어둠을 극히 싫어하는 듯 보일 정도다.

안의 인물은 둘. 하나는 살집이 조금 있어 호방해 보이는 인상을 가진 자였고, 다른 하나는 잔뜩 날이 선 느낌의 마른 자다.

둘은 어울리지 않을 듯하게 생겼음에도 묘하게 어울리는 느낌이 분명 존재했다.

그들이 조심스럽게 이야기를 꺼내어 들었다.

"장로들은?"

"이미 숙면에 들었다. 안 들었어도, 수련 중이겠지."

"늙은 암귀들답군. 하기는 그러니까 지금껏 죽지 않고 버텼겠지."

"말조심해라. 다 들릴 수 있다. 하 장로님이 알면 다 죽을 수도 있어."

"젠장. 어릴 적에 왜 따라와서는……."

세대 갈등? 젊은이와 늙은이들 사이에 내분이 있는 것인가. 서로에게 하는 말인데 그닥 호의적이지는 않았다.

혹여나 이야기가 새어나갈까 싶었는지, 조심스레 주변을 둘러본다. 혹시나 하는 거겠지.

내부에서도 감시망이 있으니까.

하지만 실제 감시망이 이렇게 주변 좀 살펴본다고 들키겠는가. 주변을 둘러보는 것도 다 헛짓이다.

"그나저나 성공은 했는가?"

"실패지. 쉽게 성공을 할 수 있을 리가 없잖은가. 휴."

"그래도 꽤 도망은 갔지?"

"일단 호북은. 하지만 여기가 문제지. 여기는 너무 눈이 많아."

"그렇겠지. 아무리 썩었어도 나라를 다스리는 자들이 아닌가. 쉬울 리가 없지. 그래도 한 명은 침입하는 데 성공했다."

대체 무슨 일을 벌이는 걸까. 잔뜩 짜증 어린 표정을 짓던 자의 얼굴에 화색이 어린다.

"오? 그렇단 말이지! 드디어 우리도 볕을 볼 날이 올지도 모르겠군."

"그리 되기를 빌어야지!"

어두운 암굴.

의외로 새외가 아닌 제국의 중심지에 가까운 곳에서 숨어 있던 자들이 움직이기 시작했다.

제국의 비처를 향해서.

오래전부터 준비되었던 암수에 더해서 또 다른 암수를 침투시키는 데 성공한 것이다.

과연 이것이 그들에게 독일지 득일지는 두고 볼 일이다.

第十五章
환약

"의원님!"

"가고 있습니다."

깐깐한 한울은 항시 진찰을 시켰다.

할 일도 많은데 오전이면 칼같이 나와서.

"의원님, 진료하실 시간입니다."

라고 말하며 운현을 데리고 진료실을 간다.

그 짧은 길에도 뭘 해야 할지를 말해 준다. 제갈소화가 있었을 적에는 그녀 홀로 처리하는 경우도 있었는데 이제는 그런 것도 없다.

한울은 운현이 의방에 관련된 모든 것을 알아야 한다고

생각을 하는 듯했다.

"오늘은 의명총의서도 봐주셔야 합니다."

"그 사이 뭔가 달라진 게 있는 겁니까?"

"고뿔에 관한 부분이 문젭니다. 증상은 비슷하지만 그 치료약에 대한 이야기가 오고 가고 있습니다."

"흐음……."

고뿔은 곧 감기. 감기는 불치병이나 다름없다. 감기에 대한 직접적인 약보다는 그 증상에 맞춰 약을 지어주는 게 최선이다.

그런 고뿔에 대해서 이야기가 많다라?

'내가 가도 별 차이는 없겠는걸.'

고뿔을 잡는다니. 차라리 등산현 사람들의 체력을 길러줘서 면역력을 길러주는 게 더 편한 방법일지도 모른다.

그 기색을 읽었을까.

"별일 없으면 가주셔야 합니다. 신의님."

"그건……."

"그래도 내일은 하루 종일 연구하셔도 됩니다."

채찍 다음은 당근인 건가.

협박일 수도 있다. 오늘 의명총의서를 보러 가지 않는다면, 내일 연구에는 지장이 갈 수도 있다는 협박.

'안 할 수가 없군.'

어째 의방에 깐깐한 총관을 들인 기분이다. 깐깐해도 너무 깐깐했다.

"오전 진찰 끝나고 가도록 하지요."

"잘 생각하셨습니다. 하핫."

만족스러워 하는 한울의 모습이 괜히 가증스러워 보이는 운현이었다. 오늘따라 제갈소화가 너무 보고 싶었다.

"그럼 오늘도 잘 보내십시오."

"아무렴요."

다른 일들이 상황상 우선이어서 그렇지, 진료를 보는 게 싫은 것은 아니었다.

막상 진료를 보게 되면 그 누구보다 열심히 하는 게 그다. 일종의 사명감이 있으니까.

"어디가 아프셔서 온……."

"쿨럭. 기침이 심해서……."

며칠은 기침으로 고생한 건가. 기침이 지속되면 잘못하다 폐병으로 간다. 거기다 느껴지는 기운도 꽤 미비했다.

잘해야 이십 대 초반인 거 같은데 눈 밑이 너무 거무죽죽하다. 죽어가는 거다. 작은 병을 키운 게 분명하다.

"얼마나 되신 겁니까?"

"한…… 열흘? 그쯤은 된 거 같습니다."

"흐음. 잠시 손목을 보겠습니다."

"예에."

느껴지는 기운으로 봐서는 더 된 거 같은데.

본래부터 기운이 약한 사람인 건가. 그럼 기운을 보태어주는 것부터가 먼저겠군. 기침도 어서 잡아줘야겠고.

'맥에서도 느껴지는 게 비슷하군.'

기운을 느끼게 되니 확실히 진료가 전보다 편한 느낌이 드는 운현이다.

눈으로 보고 환자의 상태를 바로 안다는 경지가 어떠한 경지인가 했더니, 여기서 더 발전을 하면 진정 그러한 경지에 갈 수 있게 될지도 모른다.

'말도 안 되는 경지라고 생각을 했거늘……'

그런 경지에 가능성이 보이기는 하다니. 정말 세상이란 오래살고 볼 일이다.

지금도 이 정도쯤은 진료를 하는 데 여유로움이 있지 않은가. 그러한 경지에 오르게 되면 너무 쉬이 환자를 진료할 수 있게 될지도 모른다.

"약재를 지어드릴 겁니다. 그럼 기운이 보해질 겁니다. 기침도 잦아들 거고요. 그 다음에도 몇 번은 오셔야 할 겁니다."

"저어, 약재값은……. 몇 번이나 더 와야 할지요?"

삶이 여의치는 않을 거다. 그러니 작은 병을 키우다가 이 때까지 왔겠지. 이런 자는 신경 써 도와 줘야 했다.

아픈 자들을 더 빨리 나을 수 있도록. 적어도 이곳 현에서는 아픈 자가 없진 않더라도, 적도록 해야 하지 않겠는가.

그러려고 만든 의명 의방이다.

운현은 따로 무언가를 써서 환자의 손에 건네주었다. 짧게 적힌 종이지만 환자를 받고 있는 곳에 가져다주면 싸게 해주라는 의방만의 표시다.

"이걸 가지고 앞에 가시면 알려드릴 겁니다. 신경 써서 챙겨드릴 테니 걱정하지 마시지요."

"감사합니다. 쿨럭."

그렇게 오늘의 첫 환자가 지나간다.

다음으로 온 환자들도 비슷했다. 운현의 명성에 기대어 찾아오는 자들이다.

"명의님. 어디 보약 한 재만……."

"으…… 몸살이 전보다 너무 심해서……."

누군가는 가난했고, 또 누군가는 부자였다. 또 누군가는 어리고, 누군가는 나이가 너무 많다.

같은 것이라고는 하나같이 어딘가 아프다는 것. 그도 아니면 몸이 약해서인지 기운이 부족하다는 것이다.

그런 자들을 모두 진맥으로 맥을 잡고, 기운을 읽어서 진료를 봤다.

그리곤.

"기운을 보태어 주는 게 기본이었지."

한의학의 기본대로 기운을 보태어 주었다. 부족한 걸 보하여 주고, 과한 걸 죽여주고 하는 방식이었다.

기운을 읽을 수 있게 됐다는 게 참으로 유용했다. 무공에도 써먹기는 하지만, 여럿 진료를 보니 확실히 좋다는 게 느껴질 정도다.

그리고 이걸 이용해서, 의방이나 표국 사람들도 기운을 읽어낼 참이다.

'환화세공과 비슷한 기운을 찾아내면 되겠지.'

한 명, 한 명 읽기에 너무 많은 시간이 걸리기는 해서 사람을 고르긴 고를 것이다.

그래서 하오문이나 개방, 거기다 내부 사람들까지 동원해서 의심스러운 사람을 찾도록 한 거다.

환화세공 자체가 발동을 하기 이전까지는 그 기운을 워낙 읽기가 어려운지라 어쩔 수 없는 일이었다.

일차적으로는 정보의 힘으로 사람을 찾고, 이차적으로는 기운을 읽어내는 것. 하지만 이 기운을 읽는다는 것도 완전히 자신은 없다.

'너무 잘 숨긴단 말이지.'

바로 앞에 있어도 무공을 발동하기 이전에는 알기가 힘들 정도니 다른 사람들이 들키지 않는 것도 당연했다.

숨기려고 만든 무공이라서 그런가, 기운을 읽기가 너무 힘들다.

그나마 표국에서는 무공을 익힌 자들의 기를 우선적으로 끌어 올려보게 하면 좀 나을지도 모른다.

하지만 의방에서는?

기운을 숨겨 놓고서는 무공을 안 익혔다고 우기고 들면 그건 그거대로 기운을 또 못 읽을지도 모른다.

그게 문젠데,

"차라리 환화세공의 기운이 강하면 금방 읽을 텐데……음? 가만?"

기운이 강해지면 기운을 읽기 쉽다는 것.

상식이다.

운현처럼 깨달음이 없더라도 강한 기운은 일반인들도 느낄 수 있을 정도다.

예를 들 것들은 많았다.

강한 기운을 머금은 살기는 일반인들도 본능적으로 느낀다. 무인의 기도도 자신도 모르게 읽곤 한다. 해서 무인이 다가오면 본능적으로 피하기도 하는 게다.

양민들이 겁이 많아서가 아니라 무인이 가진 기운이 많으니 그를 읽고 자연스레 피하게 되는 거다.

운현이 얻은 깨달음은 그런 기운을 아주 미세한 것마저도 읽어 들일 수 있게 된 것.

그리고 그 깨달음으로 말미암아 좀 더 미세하게 자신의 기운을 조절할 수 있게 된 것일 뿐이다.

기운을 느낄 수 있으니 조종을 할 수도 있게 된 것뿐이다.

결국 이번의 기운을 읽는 깨달음이라는 건 일반인들도 있는 능력이 어마어마하게 강화가 된 셈일 뿐인 거다.

그 강화된 능력이 어마어마하기는 하지만 결국 한계가 있는 터.

문제는 그렇게 미세하게까지 기운을 읽을 수 있음에도, 환화세공의 기운은 읽기가 힘들다는 거다. 아마 좀 더 높은 경지로 가면 또 모를 일이다.

환화세공이 어마어마하리만치 잘도 숨기는 탓이다.

오죽하면 운현이 그 무공을 익힌 자들 수십을 상대하는데도, 무공을 발동하기 이전까지는 기운을 읽기 힘들었을까. 그게 문제다.

그래서 사람을 고르도록 했던 건데, 아주 단순한 문제였다.

"기운을 강하게 만들면 쉽게 읽을 수 있다는 거잖아?"

복잡하게 갈 필요가 없었다!

그걸 이제 와서 깨닫다니. 바보가 된 느낌이다.

생각이 들자마자 운현이 자신의 연구소를 향해서 뛰어가기 시작했다. 그 무엇보다 중요하다는 양.

"또 한동안 안 보이시겠군."

그 장면을 한울이 봤다. 가버린 제갈소화를 대신해서 총관직을 행하는 그로서는 확실하게 직감했다.

운현이 한동안 두문불출할 거라고.

그가 항상 새로운 것을 할 때면, 그리해 왔으니까.

"어쩐다. 할 일이 많은데."

깐깐하게 굴기는 했지만, 깐깐함이라는 것도 결국 한계가 있다.

의방을 이끄는 자가 운현이듯, 결국 그는 의견을 제시할수 있을 뿐이다. 그걸 따라주는 건 전적으로 운현의 몫.

돌아오고 나서도 꽤 오랜 시간 동안 진료에 집중을 해 주는 거 자체가 다행일 정도다.

"의원들이 또 난리도 아니겠군."

오늘 의명총의서에 대한 토론의 주제가 고뿔이었던가.

그걸 운현이 안 가게 되면 또 난리가 날 거다. 그의 의견은 항상 새로워서 의원들에게 새로운 치료법에 대한 많은 영감을 주었으니까.

운현이 올 것을 잔뜩 기대를 하고 있겠지.

그런 자들에게 운현이 못 온다고 통보를 해야 하다니.

"휴……."

지금 당장 정말 고뿔이라도 걸렸으면 하는 마음이 드는 한울이었다.

*　　*　　*

드르륵―

어느 때보다 빠르게 문이 열린다.

평소와 다르게 서두르다시피 하며 급히 약재창을 뒤지기 시작하는 운현이다.

안에 들어서자마자 운현은 잔뜩 흥분에 가득 찬 눈으로 재료들을 고르기 시작했다.

기대치 않았던 곳에서 길을 찾았으니 그가 이리 흥분하는 것도 무리는 아니었다.

"왜 이 방법을 생각 못 했을까."

온갖 냄새가 심한 독초들이 그의 손에 쥐어진다. 잘 쓰면 약이지만 잘못 쓰면 사람에게 무리가 가는 것들.

'천남성을 중심으로 하는 게 좋겠지?'

사약으로도 썼던 약초. 천남성. 쉽게 구할 수 있지만 그

독성은 꽤 강했다.

하기사 독성이 강하지 않은 독초가 어딨겠는가. 독성이 강하니 독초다.

"독 기운은 조절하고 음습함을 살려야겠지."

이왕이면 환화세공하고 반응을 할 정도의 음습함이 있어야 할 거다.

다행인 건 환화세공을 익힌 자 수십과 싸웠다는 것. 그러니 그때의 기운을 떠올리며 비슷하게나마 만들어 낼 수 있을 거다.

'문제는 독성인데. 이건 다른 약초로 기운을 배합해 볼까?'

독초의 해독제를 같이 섞으면서 음습한 기운만 살려야 했다.

전에는 되지 않았던 거지만 지금은 가능한 일. 꽤 연구를 해야겠지만 충분히 할 수 있는 일이다.

"시작해 볼까."

재료를 고른 그가 의욕적으로 움직이기 시작했다.

*   *   *

조용해야 할 의방에 의원 하나의 목소리가 크게 퍼진다.

"아니 그러니까 지금 신의님이 오늘도 안 나오신다는 겁니까?"

한울에게 큰소리를 칠 수 있는 자는 의방에서 하나다. 우진.

평소는 한울이 잡고 있지만 가끔 욱하는 그에게는 이상하리만치 한울이 밀릴 때가 있었다.

"어쩌겠습니까. 연구에 들어가신 걸."

"의명총의서가 새로운 권이 나올 수도 있는데!"

고뿔에 관해 이야기할 때도 겨우 넘겼다. 그 뒤로 약초에 대해서 이야기를 할 때도, 약초밭에 약초를 배합하는 방식에 대해서도 말할 때도 넘겼다.

하지만 벌써 며칠이란 말인가. 열흘도 더 됐다.

한울의 말을 들어, 오전 진료라도 나오나 싶었던 운현인데, 이제는 아예 두문불출이다. 오직 그만의 약재실에 있다.

"완성이야 평생을 두고 하겠지만, 그래도 성과가 있는데……."

"그걸 제가 모르겠습니까."

"그냥 단지 검토라도 해주시면 됩니다!"

우진을 포함하여 의명 의방 의원들에게 운현은 은인이나 다름없다.

혹시 있을 첩자들이야 상관없겠지만, 운현은 그들에게 새로운 길을 제시해 줬다. 해서 나온 게 의명총의서.

무공으로 치면 비서나 다름없는 것이지만, 모두가 함께 보고, 보완을 한다.

비전이나 다름없는 걸 서슴지 않게 내놓는 자도 있었다.

그런 자들의 대표가 바로 우진.

그가 먼저 솔선수범하여 배운 비전들을 내놓으니, 다른 의원들도 내주었다. 덕분에 그들은 짧은 시간 만에 꽤 대단한 의서를 만들어 냈다.

그러니 보여주고 싶은 욕심이 드는 것도 당연지사인데.

'도무지 나오질 않지 않으시는가!'

우진이 울화통이 터질 만도 했다. 어느새 우진의 소리를 듣고 나온 성격 급한 의원들도 그와 같은 기세를 보이고 있었다.

편이 더 생겨선지 그가 조금은 어깨가 우쭐해졌다. 평소보다 잔뜩 흥분한 것이 안 나오던 성격도 나오는 듯했다.

"그러니 어서 신의님을!"

하지만 한울도 만만치는 않았다.

"그게 어디 제 마음대로 되겠습니까."

"그렇다면 기별이라도 넣어주시면 안 되겠습니까?"

"신의님이 이러실 때면 항상 큰일이 일어나곤 하지 않았습니까. 기다려 보시지요."

천천히 우진을 말리면서 그러면서도 자신의 의견을 굽히지 않았다.

그의 말이 틀리지는 않았기에 대화가 지속되면 지속될수록 기세등등하던 어깨가 조금씩 처지기 시작했다.

"거 그래도……."

"신의님도 의원님 아니신가. 보고 싶으실 게야!"

"우리가 만들어서 이런 말 하긴 그렇지만 괜찮은 의서란 말일세!"

"기별 정도만 어찌 넣어주게나!"

우진과 같은 성격 급한 자들이 응원사격을 나서지만 한울은 여전히 안 된다를 반복하며 막고 또 막을 뿐이었다.

홀로 여럿을 상대하려면 힘들 텐데 확실히 그도 대단했다.

그들의 대치가 꽤 오래 지속될 무렵.

콰앙!

꽤 큰 문 여는 소리가 났다.

그들 바로 옆에서 난 게 아니다. 조금 떨어져 있던 곳, 운현의 약재실에서였다. 그는 이리 문을 여닫는 법이 없었다.

언제나 조용조용했다.

"드디어! 드디어 됐다!"

모습을 드러내는 자는 역시 운현이었다. 그 말고는 다른 자가 없으니 당연한 일이다.

그가 다른 곳도 보지는 않고 제 세상에만 빠져 있는 듯 굉장히 감격한 표정이었다.

운현이 안 하던 짓을 하니 사람들이 대번에 놀라 부른다.

"신의님?"

"대체 무슨 일이십니까?"

다들 어리둥절해하는 사이. 한울은 그나마 가장 정답에 근접했다.

"드디어라니요? 뭔가 또 해내신 겁니까?"

그는 운현이 무언가 해냈을 거라 직감했다. 보통 일이 아니고서야 흥분하는 법이 없는 운현이었으니까.

평소 진중한 성격의 운현이 지금 보이는 모습은 꽤나 생소한 모습이기는 했다.

"큰 건 아닙니다!"

"대체 무엇인지."

가만 바라보던 의원들의 눈에 물음표가 어린다. 궁금하겠지. 운현이 해낸 일인데!

그런 이들을 그대로 두고서는.

"잠시 표국에 다녀오겠습니다!"

궁금증을 풀어 줄 생각도 없는지 그대로 쌩하니 경공까지 펼친다. 방향은 이통표국이 있는 방향.

표국에 다녀온다고 하더니, 진짜 그 방향으로 가는 게다.

궁금증을 보여줄 생각은 하지도 않고서.

이들 중에서 누가 운현의 경공을 따라잡겠는가. 다들 닭 쫓던 개 꼴로 멍하니 서 있을 뿐이었다.

"오늘도 의서 보여드리는 건 포기해야겠는데요? 후후."

"압니다!"

말리는 시누이가 더 밉다더니. 괜히 얄미워 보이는 한울이었다.

〈다음 권에 계속〉

반생학사

夜昻沙水

소유현 신군협 장편소설

ORIENTAL FANTASY STORY & ADVENTURE

「학사귀환」, 「학사무경」의 작가 소유현
그가 풀어내는 또 하나의 학사 이야기!

시험에 낙방 후, 무한히 반복되는 시간의 굴레에 갇혔다.
감옥과도 같은 무한회귀 속에서 벗어나야 한다!

dream
books
드림북스

양경 신무협 장편소설

ORIENTAL FANTASYSTORY & ADVENTURE

무당신마

『화산검선』, 『악공무림』의 작가 양경!
그가 선보이는 또 다른 신무협의 세계!

『무당신마(武當神魔)』

도가의 성지 무당파에서 새로운 마(魔)가 태동한다!

dream
books
드림북스

ORIENTAL FANTASY STORY & ADVENTURE

이대성 신무협 장편소설

사자왕

NAVER 웹소설 최고 인기 무협 『수라왕』
그 전대(前代)의 이야기!

'마왕' 과의 계약으로 힘을 얻은 소년, 공손천기.
잔혹한 운명을 이겨 내기 위한 그의 행보가 펼쳐진다.

★
dream
books
드림북스

양인산 신무협 장편소설
ORIENTAL FANTASYSTORY & ADVENTURE

장인전생

이름 없는 대장간 대장장이에서
천하제일의 명장이 되는 그 날까지.

보아라! 이것이 바로 진정한 명장(名匠)이다!

★
dream
books
드림북스